백설공주

Snow White

Snow White

백설공주

그림 형제 지음 | **천은실** 일러스트 | **김양미** 옮김

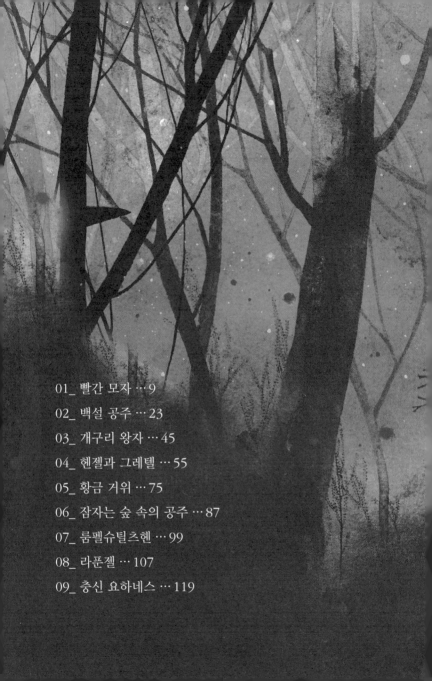

Contents

문을 두드리자 백설 공주가 창문으로 머리를 내밀고 말했습니다.
"아무도 집 안에 들이면 안 돼요. 일곱 난쟁이들이 신신당부했거든요."
"괜찮아요. 어차피 다 팔릴 사과니까요. 하지만 아가씨한텐 그냥 하나 드릴게요."
백설 공주는 더 이상 참지 못하고 손을 뻗어 독이 든 사과 반쪽을 집어 들었습니다.

01

빨간 모자

옛날 옛적에 귀여운 한 소녀가 살았습니다. 누구든 그 소녀를 한번 보면 사랑하지 않을 수 없었습니다. 하지만 이 세상에서 소녀를 가장 사랑하는 사람은 바로 소녀의 할머니였습니다. 할머니는 손녀를 아무리 많이 사랑해도 모자란다고 생각했습니다.

한번은 할머니가 소녀에게 작고 빨간 벨벳 모자를 선물했습니다. 모자가 어쩌나 잘 어울리던지, 소녀는 줄곧 그 모자를 쓰고 다녔고, 그때부터 '빨간 모자'라는 별명을 얻었습니다.

어느 날 소녀의 어머니가 말했습니다.

"빨간 모자야, 이 케이크와 포도주를 할머니께 갖다 드리렴.

요즘 편찮으셔서 통 기력이 없으신데 이걸 드시면 기운이 좀 나실 거야. 더워지기 전에 얼른 다녀오너라. 숲에 들어가면 딴데 기웃거리지 말고 얌전히 길만 따라가야 해. 괜히 다른 길로 가다가 넘어져서 포도주 병을 깨뜨리면 안 되니까. 그러면 할머니가 드실 게 없어지잖니? 할머니 방에 들어가면 괜히 여기저기 힐끔거리지 말고 인사부터 드리는 거 잊지 말고."

"시키시는 대로 할게요."

빨간 모자는 어머니에게 약속했습니다. 할머니의 집은 숲속에 외따로 떨어져 있었는데, 마을에서 삼십 분 거리였습니다. 빨간 모자는 숲에 들어서자마자 늑대와 마주쳤습니다. 하지만 빨간 모자는 늑대가 얼마나 못된 짐승인지 잘 알지 못해 겁나지 않았습니다.

"빨간 모자야, 안녕?"

늑대가 말했습니다.

"안녕하세요, 늑대 아저씨."

"이렇게 일찍 어딜 가는 거니?"

"할머니 댁에요."

"앞치마에 싼 건 뭐야?"

"케이크하고 포도주예요. 할머니가 편찮으셔서 어제 구운 케이크를 갖고 가는 거예요. 드시고 기운 내시라고요."

"할머니가 어디 사시는데?"

"여기서 십오 분쯤 더 가면 돼요. 세 그루의 커다란 참나무가
서 있는 곳에 할머니 집이 있어요. 개암나무들이 보이면 거의
다 온 거예요."

늑대는 생각했습니다.

'보들보들 어린 것이 한입 먹으면 그만이겠군. 늙은 할망구
보다야 훨씬 맛있겠지. 하지만 둘 다 잡아먹으려면 머리를 잘
굴려야겠는걸.'

늑대는 빨간 모자와 함께 잠시 걷다가 소녀에게 말을 걸었습
니다.

"빨간 모자야, 주위에 가득 찬 아름다운 꽃들을 좀 봐! 숲을
한번 둘러보는 건 어때? 새들이 사랑스럽게 노래를 불러도 넌
관심조차 없는 것 같구나. 숲속을 둘러보면 재미있는 곳 천지
란다!"

빨간 모자는 주위를 둘러보았습니다. 여기저기 나무들 사이
로 햇살이 춤추듯 일렁거리고, 예쁜 꽃들이 한가득 피어 있었
습니다. 그러자 빨간 모자의 머릿속에 좋은 생각이 떠올랐습
니다.

'할머니께 신선한 꽃다발을 갖다 드리면 할머니의 얼굴도 꽃
처럼 활짝 피어나시겠지. 일찍 출발했으니까 그리 늦진 않을

거야.'

그래서 빨간 모자는 꽃을 찾으러 길을 벗어나 숲으로 뛰어들어갔습니다. 하지만 꽃을 한 송이 한 송이 꺾을 때마다 빨간 모자의 눈에는 다른 꽃이 더 예뻐 보였습니다. 그래서 정신없이 꽃을 따러 다니다 보니 점점 더 깊이 숲속으로 들어가게 되었습니다. 그사이 늑대는 할머니 집으로 곧장 달려가 문을 두드렸습니다.

"밖에 누가 왔소?"

"할머니, 빨간 모자예요. 할머니께서 드실 케이크와 포도주를 갖고 왔어요. 어서 문을 열어 주세요."

그러자 집 안에서 할머니의 기운 없는 목소리가 들려왔습니다.

"빗장만 들어 올리면 돼. 할미는 도저히 못 일어나겠구나."

늑대가 빗장을 들어 올리자 문이 활짝 열렸습니다. 그러자 늑대는 아무 말 없이 할머니 침대로 가서는 할머니를 한입에 꿀꺽 삼켜 버렸습니다. 그런 다음 할머니 옷을 입고 할머니가 잠잘 때 쓰는 모자를 쓰고는 침대에 누웠습니다.

한편 빨간 모자는 꽃을 찾아 이리저리 헤매고 다녔습니다. 그러다 꽃을 한 아름 꺾고 나서야 퍼뜩 정신을 차린 빨간 모자는 할머니 집을 향해 걸음을 재촉했습니다.

할머니 집에 도착한 빨간 모자는 문이 열려 있는 것을 보자 이상한 생각이 들었습니다. 방으로 들어섰을 땐 왠지 모를 낯선 느낌마저 들었습니다. 빨간 모자는 생각했습니다.

'오늘은 왜 이리 으스스한 거지? 평소엔 할머니 방에 있으면 포근한 느낌이 들곤 했는데 말이야.'

빨간 모자가 큰 소리로 말했습니다.

"안녕하세요!"

할머니는 아무런 대답이 없었습니다. 빨간 모자는 침대 쪽으로 다가갔습니다. 할머니는 침대에 누워 있었습니다. 그런데 이상하게도 잠잘 때 쓰는 모자를 얼굴까지 푹 눌러쓰고 있었습니다.

"어머, 할머니. 귀가 진짜 커요!"

"그래야 네가 하는 말을 더 잘 듣지."

"어머, 할머니. 손도 진짜 커요!"

"그래야 널 한 손에 더 잘 잡지."

"어머, 할머니. 입도 어마어마하게 크네요!"

"그래야 널 더 잘 잡아먹지!"

늑대는 말이 끝나기가 무섭게 침대에서 벌떡 일어나 빨간 모자를 한입에 꿀꺽 삼켰습니다. 배가 부르자 늑대는 다시 침대에 누워 잠이 들었고, 이내 코를 골기 시작했습니다. 때마침 할머니 집 옆을 지나가던 사냥꾼이 그 소리를 듣고는 생각했습니다.

'할머니가 저리 심하게 코를 골다니, 무슨 일이지? 한번 들여다봐야겠군.'

조심스레 방에 들어선 사냥꾼은 침대에 누워 있는 늑대를 발견했습니다.

"드디어 네놈을 만났군. 넌 이제 독 안에 든 쥐다!"

사냥꾼은 이렇게 말하며 늑대에게 총을 겨누었습니다. 그 순간, 문득 늑대가 할머니를 잡아먹었을지도 모른다는 생각이 들었습니다. 어쩌면 할머니를 구할 수 있을지도 모르는 일이었습니다. 사냥꾼은 총을 내려놓고 가위를 들고 와 잠든 늑대의 배를 가르기 시작했습니다. 두어 번 가위질을 하자 빨간 모자가 힐끗 보였습니다. 몇 번 더 자르자 여자아이가 튀어나오며 소리쳤습니다.

"늑대 배 속이 진짜 깜깜했어요. 정말 얼마나 무서웠는지 몰라요."

이어서 할머니도 밖으로 나왔습니다. 할머니는 힘이 드는지 숨을 제대로 쉬지 못했습니다. 빨간 모자는 재빨리 커다란 돌을 몇 개 주워 와서는 늑대 배 속에다 한가득 집어넣었습니다. 이윽고 잠에서 깬 늑대는 달아나려고 하다가 돌을 가득 넣은 몸이 너무 무거운 나머지 고꾸라져 죽고 말았습니다.

세 사람은 뛸 듯이 기뻤습니다. 사냥꾼은 늑대의 가죽을 벗

거 집으로 들고 갔습니다. 할머니는 빨간 모자가 가져온 케이크와 포도주를 마시고는 곧 기운을 되찾았습니다.

'앞으로 어머니 말씀 잘 들을 거야. 길에서 벗어나 숲에 들어가지도 않고.'

빨간 모자는 다짐했습니다.

시간이 흐른 어느 날, 빨간 모자는 할머니에게 빵을 가지고 가다가 또 다른 늑대를 만났습니다. 늑대는 빨간 모자를 꾀어 숲속으로 들어가게 하려고 했습니다. 하지만 이번에는 빨간 모자도 넘어가지 않았습니다. 빨간 모자는 곧장 할머니 집으로 갔습니다. 그러고는 오는 길에 늑대를 만났는데 그 늑대가 다정하게 인사를 했지만 왠지 모르게 눈빛이 음흉해 보였다는 이야기를 전했습니다.

"늑대를 따라갔다면 전 아마 잡아먹혔을지도 몰라요."

그러자 할머니가 말했습니다.

"잘했다. 이제 늑대가 못 들어오게 문을 잠가 버리자."

아니나 다를까, 얼마 후 늑대가 문을 두드리며 큰 소리로 외쳤습니다.

"문 열어 주세요, 할머니. 빨간 모자가 할머니께 드리려고 빵을 가져왔어요."

하지만 할머니와 빨간 모자는 아무 대꾸도 하지 않은 채 가만히 있었습니다. 그러자 늑대는 집 주위를 빙빙 돌다가 마침내 지붕으로 펄쩍 뛰어 올라갔습니다. 그러고는 빨간 모자가 집에 돌아갈 저녁 시간만을 기다렸습니다. 빨간 모자가 나오면 살금살금 뒤를 밟았다가 컴컴한 숲속에서 잡아먹을 속셈이었습니다. 그런데 할머니는 이미 늑대의 시커먼 속을 꿰뚫고 있었습니다. 집 앞에 돌로 된 커다란 구유가 있다는 걸 떠올린 할머니는 빨간 모자에게 말했습니다.

"빨간 모자야, 들통을 가져오렴. 할미가 어제 소시지를 삶은 물이 있는데 그걸 들통에 담아 저 구유에다 부으려무나."

빨간 모자는 소시지 삶은 물을 열심히 날라다 커다란 구유 속에 가득 부었습니다. 그러자 소시지 냄새가 솔솔 피어올라 늑대의 코에까지 닿았습니다. 늑대는 코를 킁킁거리며 밑을 내려다보았습니다. 그런데 고개를 너무 길게 빼는 바람에 그만 삐끗하고 중심을 잃었습니다. 늑대는 지붕에서 미끄러지더니 커다란 구유 속에 풍덩 빠져 죽고 말았습니다. 빨간 모자는 무사히 집으로 돌아갔고, 그 후로는 아무도 빨간 모자를 해치지 못했습니다.

02

백설공주

하늘에서 눈송이가 깃털처럼 흩날리는 어느 겨울날이었습니다. 한 왕비가 흑단 창틀이 달린 창 앞에 앉아 바느질을 하고 있었습니다. 그런데 바느질을 하며 창밖을 바라보다가 바늘에 손가락을 찔리고 말았습니다. 붉은 피 세 방울이 눈 위에 떨어졌습니다. 새하얀 눈 위에 떨어진 빨간 핏방울이 무척 아름다었습니다. 그걸 본 왕비는 속으로 생각했습니다.

'눈처럼 하얗고, 피처럼 붉고, 흑단처럼 검은 아이가 있으면 얼마나 좋을까.'

얼마 지나지 않아 왕비는 피부가 눈처럼 하얗고, 입술이 피처럼 붉으며, 머리칼은 흑단처럼 새까만 딸을 낳았습니다. 그래서 아이는 백설 공주라는 이름을 얻었습니다.

하지만 불행히도 아기가 태어나고 얼마 후 왕비는 세상을 떠났습니다. 일 년이 지나자 왕은 새 왕비를 맞아들였습니다. 아름답긴 하나 자존심이 세고 거만했으며 자기보다 예쁜 여자는 눈 뜨고 못 보는 성미였습니다. 왕비는 마법 거울을 가지고 있었는데, 이따금 거울에 제 모습을 비춰 보며 묻곤 했습니다.

"벽에 걸린 거울아, 이 세상에서 누가 제일 아름답지?"

그러면 거울은 이렇게 대답했습니다.

"이 세상에서 제일 아름다운 분은 바로 왕비님이십니다."

새 왕비는 그런 대답을 들으며 뿌듯해했습니다. 그 거울은 항상 진실만을 말했기 때문입니다.

백설 공주는 자라면서 점점 더 예뻐졌습니다. 백설 공주는 햇살처럼 티 없이 아름다웠고 새 왕비는 저리 가라 할 정도로 어여쁜 자태로 자랐습니다. 어느 날, 새 왕비가 거울에게 물었습니다.

"벽에 걸린 거울아, 이 세상에서 누가 제일 아름답지?"

거울이 대답했습니다.

"왕비님이 보기 드문 미인이긴 하지만, 백설 공주가 왕비님보다 천배는 더 아름답습니다."

왕비는 몸을 부르르 떨면서 질투심으로 어쩔 줄 몰라 했습니다. 그때부터 백설 공주에 대한 왕비의 미움은 더욱 커져 공주의 얼굴을 볼 때마다 심장이 요동치고 속이 뒤집혔습니다. 질투와 거만함이 왕비의 가슴에서 잡초처럼 쑥쑥 자라나 낮이건 밤이건 한시도 마음 편할 날이 없었습니다. 참다못한 왕비는 사냥꾼을 불러 명령했습니다.

"저 아이를 숲으로 데려가거라. 두 번 다시 저 꼴을 보고 싶지 않으니, 가서 저 아이를 죽이고 그 증거로 허파와 간을 가져오너라."

사냥꾼은 왕비의 명령대로 백설 공주를 데리고 숲으로 들어갔습니다. 그런데 칼을 빼서 아무 죄 없는 백설 공주의 가슴을 찌르려는 순간, 백설 공주가 울면서 매달렸습니다.

"사냥꾼님, 살려 주세요. 숲속 깊숙이 들어가서 다시는 안 나올게요."

사냥꾼은 아름다운 공주의 모습을 보니 안됐다는 생각이 들었습니다.

"어서 도망치세요, 불쌍한 공주님."

사냥꾼은 이렇게 말하며 속으로 생각했습니다.

'내가 죽이지 않아도 곧 사나운 맹수에게 잡아먹히고 말 거야.'

공주를 직접 죽일 필요가 없어지자 사냥꾼은

큰 짐을 던 듯 마음이 홀가분했습니다. 사냥꾼은 때마침 지나가는 새끼 멧돼지를 찔러 죽인 다음 허파와 간을 꺼내 백설 공주가 죽었다는 증거로 왕비에게 들고 갔습니다. 왕비의 명령을 받은 요리사가 소금을 넣고 그것들을 푹 삶아 내오자 못된 왕비는 맛있게 먹었습니다. 그러고는 백설 공주의 허파와 간을 먹었다고 생각하며 만족스러운 미소를 지었습니다.

한편 드넓은 숲에 덩그러니 혼자 남은 불쌍한 백설 공주는 우거진 나뭇잎들을 바라보며 어떡해야 할지 몰라 멍하니 서 있었습니다. 그러다 무작정 달리기 시작했습니다. 뾰족뾰족한 돌들을 뛰어넘고 가시덤불을 헤치며 달렸습니다. 이따금 사나운 짐승을 만나기도 했지만 다행히 공주를 해치지는 않았습니다.

그렇게 한참을 달리다 보니 어느새 날이 어둑어둑해졌고, 눈앞에 작은 오두막이 하나 나타났습니다. 백설 공주는 잠시 쉬기 위해 집으로 들어갔습니다. 오두막 안에 있는 물건들은 하나같이 작았지만 깔끔하고 단정하게 정리되어 있었습니다. 하얀 식탁보가 깔린 작은 식탁에 작은 접시가 일곱 개 있었고 접시 옆에는 작은 숟가락이 하나씩 놓여 있었습니다. 그리고 작은 칼과 포크가 일곱 개, 작은 컵도 일곱 개 보였습니다. 벽 쪽에는 눈처럼 새하얀 이불이 덮인 작은 침대 일곱 개가 한 줄로 늘어서 있었습니다. 백설 공주는 어찌나 배가 고프고 목이 마르던지 작은 접시들에 담겨 있던 야채와 빵을 조금씩 덜어 먹고 작은 컵에 담긴 포도주도 한 모금씩 덜어 마셨습니다. 한 사람 것만 다 먹어 버리고 싶지 않았기 때문입니다.

배를 채우고 나자 피곤해진 백설 공주는 침대에 누워 자려고 했습니다. 그런데 침대가 어떤 건 너무 길고 어떤 건 너무 짧아서 도무지 맞지가 않았습니다. 그러다 일곱 번째 침대에 누워 보니 길이가 꼭 맞았습니다. 백설 공주는 일곱 번째 침대에 앉아 기도를 올린 뒤 이내 잠이 들었습니다.

날이 깜깜해지자 오두막집 주인들이 돌아왔습니다. 곡괭이와 삽으로 산에서 광석을 캐는 일곱 명의 난쟁이들이 바로 그 집의 주인이었습니다. 난쟁이들이 일곱 개의 초에 불을 붙였습니다. 안이 환해지자 난쟁이들은 누군가 집에 왔다는 사실을 알아차렸습니다. 제자리에 놓인 물건이 하나도 없었기 때문입니다.

첫째 난쟁이가 말했습니다.

"누가 내 의자에 앉았지?"

둘째 난쟁이가 말했습니다.

"누가 내 저녁을 먹었지?"

셋째 난쟁이가 말했습니다.

"누가 내 빵을 먹었지?"

넷째 난쟁이가 말했습니다.

"누가 내 야채를 먹었지?"

다섯째 난쟁이가 말했습니다.

"누가 내 포크를 썼지?"

여섯째 난쟁이가 말했습니다.

"누가 내 칼을 썼지?"

일곱째 난쟁이가 말했습니다.

"누가 내 포도주를 마셨지?"

방 안을 둘러보던 첫째 난쟁이가 자기 침대가 흐트러져 있는 걸 보고는 말했습니다.

"누가 내 침대에 누웠던 거야?"

다른 난쟁이들도 자기 침대로 달려가더니 소리쳤습니다.

"내 침대에도 누가 누웠던 흔적이 있어!"

하지만 일곱째 난쟁이는 자기 침대에서 곤히 잠든 백설 공주의 모습을 보고 다른 난쟁이들을 불렀습니다. 난쟁이들은 소스라치게 놀라며 촛불을 들고 와 백설 공주의 얼굴을 비췄습니다.

"오, 세상에! 어쩜 이리도 아름다울까!"

난쟁이들이 탄성을 질렀습니다.

난쟁이들은 백설 공주를 깨우지 않고 그냥 자게 놔두었습니다. 일곱째 난쟁이는 그날 밤 내내 친구들의 침대에서 한 시간씩 번갈아 가며 눈을 붙였습니다.

아침이 되어 잠을 깬 백설 공주는 일곱 난쟁이들을 보고 깜짝 놀랐습니다. 난쟁이들이 상냥하게 물었습니다.

"이름이 뭐예요?"

"백설 공주라고 해요."

"우리 집엔 어떻게 오게 된 거죠?"

그러자 백설 공주는 새어머니가 자신을 죽이라고 했는데 사냥꾼이 살려 주었고, 숲속을 헤매다 우연히 이 집을 발견하게 되었다고 이야기했습니다.

난쟁이들이 말했습니다.

"공주님이 우리를 위해 요리도 하고, 잠자리도 봐주고, 빨래며 바느질이며 뜨개질도 해주고, 살림을 깔끔하게 맡아 주시면 여기서 함께 지내도 좋아요. 그러면 우린 공주님이 원하는 걸 모두 드릴게요."

"네, 기꺼이 그럴게요."

그리하여 백설 공주는 난쟁이들과 함께 살며 집안일을 돌보게 되었습니다. 아침이면 난쟁이들은 금이나 광석을 캐러 산으로 갔습니다. 그리고 저녁에 돌아와 백설 공주가 차려 놓은 저녁을 먹었습니다. 낮에 백설 공주 혼자 집을 지키는 것이 걱정이 된 착한 난쟁이들은 당부의 말을 잊지 않았습니다.

"새어머니를 조심하세요. 공주님이 여기 계시다는 사실을 곧 알게 될 거예요. 아무도 집에 들여서는 안 됩니다!"

새 왕비는 백설 공주의 허파와 간을 먹었으니 이제는 자기가 다시 이 세상에서 가장 아름다운 여자가 되었다고 철석같이 믿었습

니다. 그래서 거울 앞으로 가 물었습니다.

"벽에 걸린 거울아, 이 세상에서 누가 제일 아름답지?"

거울이 대답했습니다.

"왕비님이 보기 드문 미인이긴 하지만, 저 산 너머 일곱 난쟁이들의 집에 사는 백설 공주가 왕비님보다 천배는 더 아름답습니다."

왕비는 기가 막혔습니다. 거울은 절대 거짓말을 하지 않았습니다. 그렇다면 사냥꾼이 자신을 속이고 백설 공주를 살려 주었다는 소리였습니다. 왕비는 또다시 백설 공주를 죽일 궁리를 했습니다. 백설 공주가 살아 있는 한, 왕비는 질투심으로 하루도 마음 편히 지낼 수 없을 터였습니다.

마침내 좋은 생각이 떠올랐습니다. 왕비는 아무도 못 알아보도록 떠돌이 장사꾼으로 감쪽같이 변장했습니다. 그런 다음 산을 일곱 개 넘어 일곱 난쟁이들이 사는 오두막에 도착했습니다. 왕비가 문을 두드리며 소리쳤습니다.

"좋은 물건을 갖고 왔다우! 좋은 물건을!"

백설 공주가 창밖을 내다보며 말했습니다.

"안녕하세요, 할머니. 무얼 파시는데요?"

"훌륭하고 멋진 물건이라우! 허리를 날씬하게 졸라매는 끈인데, 색깔이 아주 예쁘다우!"

장사꾼이 색색의 비단실로 짠 끈을 꺼냈습니다.

'나쁜 할머니 같지는 않으니까 집에 들여도 괜찮을 거야.'

그렇게 생각한 백설 공주는 문을 열고 예쁜 끈을 샀습니다.

"세상에, 어쩜 이리 고울까! 이리 와요. 내가 잘 묶어 줄 테니."

백설 공주는 한 치의 의심도 없이 새 끈을 묶어 달라며 장사꾼 앞에 섰습니다. 그러자 장사꾼이 순식간에 끈을 졸라맸습니다. 숨이 막힌 백설 공주는 그 자리에 죽은 듯 쓰러지고 말았습니다.

"흥, 전에는 네가 이 세상에서 제일 아름다웠는지 몰라도 이제는 아니야!"

장사꾼은 이렇게 말하고는 서둘러 자리를 떴습니다.

얼마 후 저녁이 되자 난쟁이들이 집으로 돌아왔습니다. 난쟁이들은 바닥에 쓰러진 백설 공주를 발견하고는 깜짝 놀랐습니다. 백설 공주는 죽은 사람처럼 꼼짝도 하지 않았습니다. 난쟁이들이 백설 공주를 안아 일으켜 보니 허리에 끈이 꽉 묶여 있었습니다. 허리끈을 싹둑 자르자 백설 공주가 가늘게 숨을 내쉬더니 잠시 후 정신을 차렸습니다. 백설 공주가 낮에 있었던 일을 이야기하자 난쟁이들이 말했습니다.

"그 떠돌이 장사꾼은 바로 공주님의 못된 새어머니예요! 조심하세요. 우리가 없을 때는 아무도 집에 들이면 안 됩니다, 공주님!"

악독한 왕비는 궁전으로 돌아오자마자 거울 앞으로 다가가 물었습니다.

"벽에 걸린 거울아, 이 세상에서 누가 제일 아름답지?"

그러자 거울이 전과 똑같이 대답했습니다.

"왕비님이 보기 드문 미인이긴 하지만, 저 산 너머 일곱 난쟁이들의 집에 사는 백설 공주가 왕비님보다 천배는 더 아름답습니다."

백설 공주가 다시 살아나다니, 왕비는 너무 화가 나서 피가 거꾸로 솟는 것 같았습니다.

"이번엔 확실히 없앨 방법을 생각해야겠어."

왕비는 온갖 마법을 동원해 독이 든 빗을 만들어 냈습니다. 그리고 또다시 늙은 장사꾼으로 변장한 뒤 일곱 개의 산을 넘어 일곱 난쟁이들이 사는 오두막을 찾아가 문을 두드리며 소리쳤습니다.

"좋은 물건을 갖고 왔다우! 좋은 물건을!"

백설 공주가 창밖을 내다보며 말했습니다.

"그냥 가세요! 난쟁이들이 아무도 들이지 말랬어요."

"그럼 보기만 하구려."

장사꾼이 독이 든 빗을 꺼내 높이 들어 올리자 백설 공주는 빗에 마음이 홀려 그만 문을 열어 주었습니다. 빗을 사겠다고 하자 장사꾼이 말했습니다.

"제가 머리를 곱게 빗겨 드릴게요."

불쌍한 백설 공주는 별 생각 없이 장사꾼이 하는 대로 두었습니다. 하지만 빗이 머리카락에 닿기가 무섭게 독이 퍼져 백설 공주는 정신을 잃고 바닥에 쓰러지고 말았습니다.

"드디어 이 세상 최고의 미인이 사라졌구나!"

사악한 왕비는 기분 나쁜 미소를 지으며 떠났습니다.

다행히 얼마 지나지 않아 해가 져서 일곱 난쟁이들이 집으로 돌아왔습니다. 집에 도착한 난쟁이들은 백설 공주가 바닥에 죽은 듯 쓰러져 있는 것을 발견했습니다. 난쟁이들은 단번에 새어머니의 짓이라는 걸 알아채고 백설 공주 주위를 두리번거렸습니다. 그리고 마침내 독이 든 빗을 발견해 머리에서 빼내자 백설 공주가 정신을 차렸습니다. 백설 공주로부터 낮에 있었던 일을 전해 들은 난쟁이들은 백설 공주에게 절대 문을 열어 주지 말라며 다시 한 번 당부했습니다.

한편 궁전으로 돌아온 왕비는 다시 거울 앞에 서서 물었습니다.

"벽에 걸린 거울아, 이 세상에서 누가 제일 아름답지?"

그러자 거울이 변함없이 대답했습니다.

"왕비님이 보기 드문 미인이긴 하지만, 저 산 너머 일곱 난쟁

이들의 집에 사는 백설 공주가 왕비님보다 천배는 더 아름답습니다."

거울의 말을 들은 왕비는 분노로 몸을 부르르 떨며 소리쳤습니다.

"내 목숨을 걸고서라도 백설 공주를 죽이고 말겠어!"

그러고는 아무도 들어가 본 적이 없는 비밀의 방으로 사라졌습니다. 그 안에서 왕비는 치명적인 독 사과를 만들었습니다. 겉보기에는 발그레한 것이 보기만 해도 침이 돌 만큼 먹음직스러웠지만 한입 베어 물었다가는 누구든 죽음을 면치 못할 터였습니다. 독 사과가 준비되자 왕비는 시골 아낙네로 변장한 다음 일곱 개의 산을 넘어 일곱 난쟁이들이 사는 오두막으로 출발했습니다. 문을 두드리자 백설 공주가 창문으로 머리를 내밀고 말했습니다.

"아무도 집 안에 들이면 안 돼요. 일곱 난쟁이들이 신신당부했거든요."

"괜찮아요. 어차피 다 팔릴 사과니까요. 하지만 아가씨한텐 그냥 하나 드릴게요."

"안 돼요. 받을 수 없어요."

"독이라도 들었을까봐 그래요? 그럼 사과를 두 쪽 낼게요. 하얀 쪽은 내가 먹을 테니 붉은 쪽은 아가씨가 먹어요."

하지만 사과는 교묘하게도 붉은 쪽에만 독이 들어 있었습니다. 백설 공주는 탐스러운 사과가 몹시 먹고 싶었습니다. 그래서 시골 아낙네가 사과를 베어 먹는 것을 보자 더 이상 참지 못하고 손을 뻗어 독이 든 반쪽을 집어 들었습니다. 하지만 한입 베어 물자마자 죽은 듯 바닥에 쓰러지고 말았습니다. 왕비는 표독스러운 눈길로 백설 공주를 노려보더니 웃음을 터뜨리며 말했습니다.

"눈처럼 희고 피처럼 붉고 흑단처럼 까만 백설 공주야! 이번엔 난쟁이들도 널 살려 내진 못할 게다! 하하하하!"

궁전으로 돌아온 왕비는 거울에게 물었습니다.

"벽에 걸린 거울아, 이 세상에서 누가 제일 아름답지?"

그러자 거울이 마침내 이렇게 대답했습니다.

"이제 이 세상에서 제일 아름다운 분은 왕비님이십니다."

질투심이 많은 왕비는 그제야 마음이 놓였습니다.

저녁이 되어 집에 돌아온 난쟁이들은 바닥에 쓰러진 백설 공주를 발견했습니다. 입에서 숨이 새어 나오지 않는 걸로 보아 죽은 듯했습니다. 난쟁이들은 백설 공주를 일으킨 다음 독이 든 것이 없나 열심히 찾아보았습니다. 허리끈을 풀어도 보고 머리를 빗겨도 보고 물과 포도주로 몸을 씻겨도 보았지만 아무 소용이 없었습니다. 백설 공주는 영영 세상을 떠난 것이었습니다.

난쟁이들은 백설 공주를 들것 위에 눕히고 그 곁에 둘러앉아 백설 공주의 죽음을 슬퍼했습니다. 그렇게 꼬박 사흘을 울고 난 뒤 난쟁이들은 백설 공주를 묻기로 했습니다. 하지만 백설 공주의 두 뺨은 여전히 발그레해서 꼭 살아 있는 사람 같았습니다. 난쟁이들이 말했습니다.

"공주님을 깜깜한 땅속에 묻을 수는 없어."

그래서 난쟁이들은 사방이 훤히 들여다보이는 투명한 유리관을 만들었습니다. 그리고 백설 공주를 안에 눕히고 관 위에다 황금으로 '백설 공주'라고 썼습니다. 난쟁이들은 유리관을 산꼭대기로 옮긴 다음 한 사람씩 돌아가며 공주 곁을 지켰습니다. 동물들도 찾아와 백설 공주의 죽음을 슬퍼했습니다. 올빼미, 까마귀, 비둘기가 차례로 찾아왔습니다. 백설 공주는 몇 해 동안이나 관에 누워 있었지만 몸은 전혀 썩지 않았고 마치 잠든 사람처럼 보였습니다. 여전히 피부는 눈처럼 희고, 입술은 피같이 붉었으며, 머리칼은 흑단처럼 까맸습니다.

어느 날, 한 왕자가 숲에 왔습니다. 난쟁이들의 오두막에 도착한 왕자는 하룻밤을 묵어가기로 했습니다. 다음 날 왕자가 산을 올라가니 아름다운 백설 공주가 누워 있는 관이 보였습니다. 관 위에 쓰인 글을 읽고 난 왕자가 난쟁이들에게 말했습니다.

"내게 백설 공주를 주시오. 원하는 건 뭐든 다 드리겠소."

그러자 난쟁이들이 대답했습니다.

"이 세상 황금을 다 준다 해도 그럴 수 없습니다."

"그럼 나한테 공주를 선물로 주면 어떻겠소? 백설 공주를 보지 않고는 한순간도 못 살 것 같아 그러오. 정성을 다해 아끼고 돌봐 주겠소."

착한 난쟁이들은 간곡한 청에 마음이 약해져 결국 왕자에게 유리관 안에 누워 있는 백설 공주를 내주었습니다. 왕자는 신하들에게 관을 어깨에 메라고 명령했습니다. 그런데 신하들이 덤불에 걸려 비틀거리는 바람에 관이 기우뚱하고 흔들렸습니다. 그러자 백설 공주의 목에 걸려 있던 독이 든 사과 조각이 툭 하고 튀어나왔습니다. 얼마 안 있어 백설 공주가 눈을 뜨고는 관 뚜껑을 열고 일어나 앉았습니다. 백설 공주가 다시 살아난 것입니다.

"어머나, 내가 왜 여기 있는 거지?"

백설 공주가 소리쳤습니다.

"당신은 나와 함께 있다오."

왕자가 크게 기뻐하며 대답했습니다. 그리고 지금까지 있었던 일을 이야기해 주며 이렇게 덧붙였습니다.

"이 세상 누구보다도 당신을 사랑하오. 함께 궁전으로 갑시다. 나의 아내가 되어 주시오."

왕자의 말이 진심임을 깨달은 백설 공주는 왕자와 함께 궁전으로 갔습니다. 두 사람은 성대하고 화려한 결혼식을 올렸습니다.

이런 사실을 모른 채 왕비도 왕자와 백설 공주의 결혼식에 초대를 받았습니다. 아름다운 옷으로 한껏 멋을 부린 왕비가 거울 앞으로 가서 물었습니다.

"벽에 걸린 거울아, 이 세상에서 누가 제일 아름답지?"

거울이 대답했습니다.

"왕비님도 보기 드문 미인이긴 하지만, 이웃 나라 왕자랑 결혼하는 백설 공주가 왕비님보다 천배는 더 아름답습니다."

거울의 대답을 들은 못된 왕비는 큰 소리로 욕지거리를 퍼붓기 시작했습니다. 그러고는 불안에 떨며 어찌할 바를 몰라 했습니다. 처음엔 결혼식에 가지 않을 생각이었습니다. 하지만 젊은 신부를 제 눈으로 확인하지 않으면 못 견딜 것 같았습니다. 결국 결혼식장에 들어선 왕비는 백설 공주를 한눈에 알아보았습니다. 왕비는 너무 놀란 나머지 그 자리에 그대로 얼어붙었습니다. 그런데 누군가 불에 뜨겁게 달군 쇠 신발을 부젓가락으로 집어 왕비 앞에 가져다 놓았습니다. 당황한 왕비는 엉겁결에 그 신발을 신고 말았습니다. 못된 왕비는 벌겋게 단 쇠 신발을 신고 쓰러져 죽을 때까지 춤을 추어야 했습니다.

03

개구리 왕자

옛날 옛적 어느 나라에 왕이 살았습니다. 왕에게는 아름다운 딸들이 있었는데, 그중 막내 딸이 특히 아름다웠습니다. 이 세상에 아름다운 것들을 모두 보았다는 태양조차도 막내 공주의 얼굴을 비출 때마다 그 아름다움에 감탄할 정도였습니다.

왕이 사는 성 근처에는 나무가 울창하고 아늑한 숲이 있었습니다. 그리고 이 숲속에는 늙은 보리수나무 아래 샘이 하나 있었습니다. 막내 공주는 날이 더울 때마다 숲으로 들어가 시원한 샘물가에 앉아 휴식을 취하곤 했습니다. 그러다 심심해지면 황금 공을 공중으로 던졌다 받았다 하며 놀았습니다.

그러던 어느 날, 막내 공주가 공을 던졌다 받으려고 작은 손을 내밀었는데, 공이 손을 비켜 바로 옆으로 떨어지더니 샘 쪽으로 또르르 굴러가는 것이었습니다. 공주는 황급히 눈으로 공을 쫓았지만, 공은 이내 샘 속으로 자취를 감춰 버렸습니다. 샘은 얼마나 깊은지 바닥이 보이지 않았습니다.

공주는 엉엉 울기 시작했습니다. 그 무엇으로도 공주의 마음을 달랠 길이 없었기에 울음소리는 점점 더 커져 갔습니다. 공주가 그 자리에 주저앉아 슬피 울고 있는데, 누군가 큰 소리로 말했습니다.

"무슨 일로 그리 슬피 우시나요, 공주님? 울음소리가 너무 슬퍼 듣고 있던 저까지도 눈물이 저절로 나네요."

공주는 목소리가 들려온 곳을 찾아 두리번거리다 투실하고 못생긴 머리를 물 밖으로 내밀고 있는 개구리 한 마리를 보았습니다.

"어머, 너였구나. 내 황금 공이 샘에 빠져 울고 있었단다."

그러자 개구리가 말했습니다.

"그만 울고 진정하세요. 제가 공주님을 도와드릴 테니까요. 하지만 제가 황금 공을 찾아다 드리면 공주님은 저한테 무얼 주실 거죠?"

"네가 원하는 건 뭐든지 다 줄게. 내 옷이랑 진주랑 보석이랑 내가 머리에 쓰고 있는 금관까지도 줄게."

"전 공주님의 옷도, 진주도, 보석도, 금관도 필요 없어요. 그냥 절 사랑해 주고, 친구가 되어 함께 놀아 주고, 식탁 옆자리에 앉게 해주고, 공주님의 작은 금접시에 담긴 음식을 먹게 해주고, 공주님의 작은 컵에 든 물을 마시게 해주고, 공주님의 작은 침대에서 함께 자게 해주겠다고 약속하신다면 물속에 들어가 황금 공을 찾아다 드릴게요."

"그래, 약속할게. 공만 찾아 준다면 뭐든 다 해줄게!"

하지만 공주의 속마음은 달랐습니다.

'저 멍청한 개구리가 무슨 말도 안 되는 소리를 하고 있는 거야! 그냥 물속에 들어앉아 다른 개구리들처럼 지내면 될 것이지, 어떻게 사람하고 친구가 되겠다는 거지?'

공주의 약속을 받아 낸 개구리는 물속으로 풍덩 들어갔습니다. 그리고 황금 공을 입에 문 채 물 밖으로 헤엄쳐 나왔습니다. 개구리가 풀밭으로 공을 던져 주자 공주는 몹시 기뻐하며 공을 집어 들더니 쏜살같이 달아났습니다.

개구리가 외쳤습니다.

"기다려요, 공주님! 저도 데려가셔야죠. 전 공주님처럼 빨리 달리지 못한다고요."

개구리는 목이 터져라 외쳤지만 아무런 소용이 없었습니다. 공주가 개구리를 거들떠보지도 않았기 때문입니다. 개구리는 하는 수 없이 샘으로 돌아가야만 했습니다.

다음 날, 공주가 왕과 신하들과 식탁에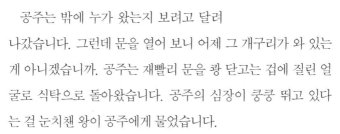
앉아 작은 황금 접시에 담긴 음식을 먹고
있는데 무언가 찰박찰박 소리를 내며 대
리석 계단을 올라오는 소리가 들렸습니
다. 그리고 맨 마지막 계단에 이르자 문을
두드리며 소리치는 것이었습니다.

"공주님, 막내 공주님, 문 좀 열어 주세
요!"

공주는 밖에 누가 왔는지 보려고 달려
나갔습니다. 그런데 문을 열어 보니 어제 그 개구리가 와 있는
게 아니겠습니까. 공주는 재빨리 문을 쾅 닫고는 겁에 질린 얼
굴로 식탁으로 돌아왔습니다. 공주의 심장이 쿵쿵 뛰고 있다
는 걸 눈치챈 왕이 공주에게 물었습니다.

"뭐가 그리 무서우냐? 거인이 널 잡으러 오기라도 한 거냐?"

"아, 아뇨. 거인이 아니라 징그러운 개구리예요."

"개구리가 너한테 무슨 볼일이 있다고?"

"실은 제가 어제 숲속에 있는 샘가에 앉아 놀다가 황금 공을
물속에 빠뜨렸어요. 그래서 속상해서 막 울고 있는데, 그 개구
리가 나타나 공을 꺼내 줬어요. 대신 친구가 되어 줘야 한다고

49

해서 약속을 했죠. 전 개구리가 물 밖으로 나올 거라곤 생각도 못했거든요. 그런데 지금 이렇게 성까지 찾아와서는 저랑 함께 지내고 싶다지 뭐예요."

그때 또 한 번 문 두드리는 소리가 나더니 개구리의 간절한 목소리가 들렸습니다.

"공주님, 공주님, 막내 공주님, 문을 열고 절 들여보내 주세요. 샘에서 저와 한 약속을 하셨잖아요! 막내 공주님, 문을 열고 절 들여보내 주세요."

이윽고 왕이 말했습니다.

"약속을 했으면 지키는 것이 도리니라. 가서 개구리를 들어오게 해라."

공주가 가서 문을 열어 주자, 개구리가 방으로 폴짝 뛰어들더니 공주의 의자가 있는 데까지 따라와 외쳤습니다.

"공주님 옆자리에 올려 주세요!"

공주는 싫다며 버티다가 왕의 명령이 떨어지사 하는 수 없이 개구리를 자신의 옆자리에 올려 주었습니다. 의자 위에 올라선 개구리는 이번엔 식탁 위로 올라가고 싶어 했습니다. 그리고 식탁 위에 올려 주자 이렇게 말했습니다.

"우리가 같이 먹을 수 있게 공주님의 작은 금접시를 제 옆으로 더 가까이 밀어 주세요."

물론 공주는 개구리가 바라는 대로 해주었습니다. 하지만 싫은 기색을 감출 순 없었습니다. 개구리는 음식을 맛있게 먹었지만 공주는 한 술 뜰 때마다 목에 뭔가 걸리는 느낌이었습니다. 이윽고 개구리가 말했습니다.

"배불리 잘 먹었습니다. 먹고 나니 이제 졸리네요. 절 위층에 있는 공주님 방으로 데려다 주시고, 같이 잘 수 있게 공주님의 비단 침대를 정리해 주세요."

참다못한 공주가 울음을 터뜨렸습니다. 여태껏 한 번도 만져 본 적조차 없는, 미끌미끌하고 징그러운 개구리와 침대에서 함께 자야 하는 신세가 된 것입니다. 하지만 왕은 엄한 얼굴로 공주를 나무랐습니다.

"곤경에 빠졌을 때 도와준 이를 무시하면 쓰나!"

공주는 하는 수 없이 손가락 두 개로 개구리를 집어 들고 위층으로 올라가서는 구석에다 내려놓았습니다. 공주가 침대에 눕자 개구리가 곁으로 기어와 말했습니다.

"피곤해요, 공주님. 저도 공주님처럼 자고 싶어요. 침대 위로 올려 주지 않으면 임금님을 부르겠어요!"

이 말에 공주는 참고 참았던 화가 폭발하고 말았습니다. 공주는 개구리를 집어 들고는 벽에다 있는 힘껏 내던졌습니다.

"이젠 푹 쉴 수 있을 거다, 이 징글징글한 개구리야!"

하지만 개구리가 바닥에 떨어진 순간, 개구리는 아름다운 왕자로 변했습니다. 왕자는 못된 마녀의 마법에 걸려 개구리가 되었고, 공주만이 왕자의 비극적인 운명을 되돌릴 수 있는 사람이었다며, 날이 밝으면 자신의 왕국으로 공주를 데려가고 싶다고 말했습니다. 모든 사연을 들은 왕은 천생배필이라며 공주에게 왕자와 결혼할 것을 명했습니다. 그리고 공주는 아버지의 뜻대로 왕자를 남편으로 맞아들였습니다.

다음 날 아침, 여덟 마리의 백마가 끄는 마차 한 대가 성에 도착했습니다. 마차 뒤에는 왕자의 충성스런 신하, 하인리히가 서 있었습니다. 하인리히는 자신의 주인이 개구리로 변한 사실을 알고는 너무 괴로운 나머지 슬픔과 고통으로 심장이 터

져 버릴 것 같아 세 줄의 철띠로 가슴을 칭칭 동여맨 처참한 모습을 하고 있었습니다.

그러나 이제 왕자의 저주가 풀렸다는 사실에 하인리히는 왕자를 왕국으로 모셔 가기 위해 마차를 몰고 한달음에 달려왔습니다. 충신 하인리히는 왕자와 공주를 마차에 태운 뒤 다시 뒷자리로 돌아갔습니다. 제 모습을 찾은 주인을 바라보는 하인리히의 마음이 기쁨으로 벅차올랐습니다.

마차가 출발하고 어느 정도 지났을 때, 왕자는 뒤에서 무언가 부서지는 소리를 들었습니다. 왕자가 고개를 돌리고 소리쳤습니다.

"하인리히, 마차가 부서지고 있어!"

"아닙니다, 왕자님. 마녀가 왕자님께 마법을 걸어 개구리로 만들었을 때 제 가슴에 동여맸던 철띠가 끊어져 나가는 소리입니다."

마차가 달리는 동안 그 소리는 두 번 더 들렸고, 그때마다 왕자는 마차가 부서지는 게 아니냐고 물었습니다.

하지만 그건 왕자님이 무사히 제 모습을 찾고 행복해졌다는 사실에 충신 하인리히의 가슴이 기쁨으로 부풀어 올라 묶어 놓은 철띠들이 툭툭 터지는 소리였습니다.

04

헨젤과 그레텔

　숲속 작은 집에 가난한 나무꾼과 그의 아내, 그리고 두 아이
가 살고 있었습니다. 남자아이의 이름은 헨젤이고, 여자아이
의 이름은 그레텔이었습니다. 집이 어찌나 가난한지 나무꾼
가족은 늘 먹을 양식이 모자랐습니다. 그러다 온 나라에 흉년
이 크게 들자 나무꾼은 더 이상 식구들을 먹여 살릴 수가 없게
되었습니다.

　어느 날 밤, 나무꾼은 먹을거리 걱정에 잠을 못 이루고 엎치
락뒤치락했습니다. 이윽고 나무꾼이 한숨을 푹 내쉬며 아내에
게 말했습니다.

　"이제 어쩌면 좋소? 우리 둘이 먹을 것도 없는데, 저 불쌍한

아이들을 어떻게 먹여 살린단 말이오?"

"이러면 어떨까요? 내일 아침 일찍 아이들을 데리고 숲속 깊숙이 들어가는 거예요. 거기서 불을 지피고 아이들에게 빵을 한 쪽씩 준 다음 우리는 딴 데 가서 나무를 하고 온다고 하고 아이들을 버려두고 돌아오는 거죠. 아이들은 길을 몰라 돌아오지 못할 테니 자연스럽게 애들을 떼낼 수가 있잖아요."

"안 돼요, 여보. 난 못하오. 자식들을 어떻게 숲속에 버린단 말이오? 그랬다간 금방 맹수들 밥이 되고 말 텐데."

"아유, 답답한 사람! 안 그러면 우리 네 식구 모두 굶어 죽을 수밖에 없어요. 제 말대로 해요!"

아내가 계속 채근하자 나무꾼도 결국 아내의 말을 따르기로 했습니다.

그날 밤 잠을 못 이룬 것은 아이들도 마찬가지였습니다. 배가 고파 깨어 있던 아이들은 새어머니가 아버지에게 하는 이야기를 다 들었습니다. 그레텔이 흐느끼면서 헨젤에게 말했습니다.

"오빠, 이제 우린 죽었어."

"진정해, 그레텔. 걱정 마. 내가 곧 방법을 찾아볼 테니까."

어른들이 잠이 들자 헨젤은 외투를 걸치고 살그머니 문을 열고 밖으로 나왔습니다. 집 앞에 널린 하얀 자갈들이 환한 달빛을 받아 은화처럼 반짝반짝 빛났습니다. 헨젤은 주머니가 터질 정도로 자갈을 주워 담았습니다. 그러고는 방으로 돌아와 그레텔에게 말했습니다.

"걱정 말고 푹 자. 하늘이 우릴 도와줄 거야."

그러고는 침대에 누워 잠을 청했습니다.

다음 날 새벽, 해가 뜨기도 전에 새어머니가 와서 아이들을 깨웠습니다.

"일어나, 게으름뱅이들아! 숲에 나무하러 가야 해!"

새어머니는 아이들에게 빵을 한 쪽씩 나눠 주며 말했습니다.

"자, 점심이다. 먹을 건 이게 다니까 점심때가 되기 전에 먹으면 안 된다."

헨젤의 주머니엔 자갈이 가득 들어 있었으므로 그레텔은 빵을 제 앞치마 속에 넣었습니다. 네 식구는 숲으로 들어갔습니다. 얼마쯤 갔을까, 헨젤이 걸음을 멈추고 집 쪽을 돌아보았습니다. 그러기를 몇 번 반복하자 아버지가 말했습니다.

"헨젤, 도대체 뭘 보는 거냐? 뭘 그렇게 꾸물거려? 정신 똑바로 차리고 부지런히 걸어라!"

"아버지, 지붕 위에 앉은 하얀 새끼 고양이를 보고 있었어요. 고양이가 인사를 하고 싶어 하는 것 같아서요."

그러자 새어머니가 끼어들었습니다.

"바보 같기는. 그건 고양이가 아니야. 아침 해가 굴뚝 위에서 빛나고 있는 거지."

하지만 헨젤은 고양이를 쳐다본 것이 아니었습니다. 사실은 주머니에 넣어 두었던 자갈을 하나씩 꺼내 길 위에 떨어뜨리던 중이었습니다. 숲 중간에 이르자 아버지가 말했습니다.

"땔감을 좀 모아 오너라, 춥지 않게 불을 피워줄 테니."

헨젤과 그레텔은 나뭇가지들을 주워 모아 제법 그럴듯하게 쌓아 올렸습니다. 모닥불이 타오르자 새어머니가 말했습니다.

"자, 너희들은 이제 불 옆에 누워 편히 쉬려무나. 우리는 저쪽 숲에서 나무를 하다가 일을 모두 마치면 데리러 오마."

헨젤과 그레텔은 불 옆에 앉았습니다. 그리고 점심때가 되자 빵을 꺼내 먹었습니다. 도끼질 소리가 계속해서 들려왔습니다. 아이들은 아버지가 근처에 있다고 믿었습니다. 하지만 그것은 도끼 소리가 아니었습니다. 아버지가 죽은 나무에 매달아 놓은 나뭇가지가 바람에 앞뒤로 흔들리면서 나무를 탁탁 치는 소리였습니다. 한참을 따뜻한 불 옆에 앉아 있다 보니 아이들은 스르르 눈이 감겼고 그러다 결국 깊이 잠들고 말았습니다. 눈을 떠보니 이미 주위가 깜깜했습니다. 그레텔이 울음을 터뜨렸습니다.

"이제 어떻게 숲을 빠져나가지?"

그러자 헨젤이 동생을 달래며 말했습니다.

"달이 뜰 때까지만 기다려. 그러면 길을 찾을 수 있을 거야."

얼마 후 둥근 보름달이 뜨자 헨젤은 동생의 손을 잡고 자신이 미리 흘려둔 은화처럼 반짝반짝 빛나는 자갈의 자취를 따라 길을 걸었습니다. 아이들은 밤이 새도록 걸었고, 날이 샐 무렵에야 겨우 집에 도착했습니다. 아이들이 문을 두드리자 새어머니가 문을 열고 헨젤과 그레텔을 보더니 대뜸 소리쳤습니다.

"못된 것들, 숲속에서 이렇게 오래 자면 어떡해? 다시는 못 돌아오는 줄 알았잖아!"

하지만 아이들을 버리고 온 죄책감으로 몹시 괴로워하고 있던 아버지는 무척 기뻐했습니다.

얼마 후 또 한 번 온 나라에 흉년이 들었습니다. 그리고 어느 날 밤, 아이들은 잠자리에서 새어머니가 아버지에게 하는 이야기를 듣게 되었습니다.

"먹을 게 또 바닥났어요. 빵 반 덩어리가 전부라고요. 그것마저 떨어지면 손가락만 빨고 지내야 할 형편이에요. 아이들을 버려야 해요. 다시는 아이들이 돌아오지 못하도록 더욱더 숲속 깊숙이 들어가도록 해요. 이번에도 실패하면 우린 정말 굶어 죽을 거라고요."

새어머니의 말을 들은 아버지는 슬퍼하며 생각했습니다.

'마지막 한입이라도 아이들이랑 나눠 먹으면 좋으련만.'

하지만 새어머니는 아버지의 말을 들으려 하지 않았습니다. 이미 아이들을 버린 적이 있는 아버지는 이번에도 어쩔 수 없이 새어머니의 말을 따를 수밖에 없었습니다.

하지만 아이들은 부모의 대화를 모두 엿듣고 있었습니다. 어른들이 잠들자 헨젤은 지난번처럼 밖에 나가 자갈을 주워올 생각으로 자리에서 일어났습니다. 하지만 새어머니가 문을 잠가 놓은 바람에 나갈 수가 없었습니다. 그래도 헨젤은 누이동생을 달래며 말했습니다.

"울지 마, 그레텔. 마음 놓고 자렴. 하늘이 우릴 도와줄 거야."

다음 날 아침 일찍 새어머니가 아이들을 깨웠습니다. 이번에도 빵 한 쪽씩을 받았지만 크기는 지난번보다 훨씬 작았습니다. 숲으로 가는 길에 헨젤은 주머니에서 빵을 잘게 뜯어내 길에 떨어뜨리느라 자주 걸음을 멈추곤 했습니다.

아버지가 말했습니다.

"왜 자꾸 멈춰 서서 두리번거리는 거냐, 부지런히 따라오지 않고?"

"지붕 위에 앉아 있는 작은 비둘기를 보고 있었어요. 작별인사를 하고 싶어 하는 것 같아서요."

그러자 새어머니가 끼어들었습니다.

"바보 같기는! 그건 비둘기가 아니야. 아침 해가 굴뚝 위

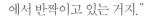

에서 반짝이고 있는 거지."

헨젤은 눈치껏 길 위에 빵
부스러기를 조금씩 흘리며 걸었습니다. 새어
머니는 아이들을 점점 더 깊은 숲속으로 데려
갔고, 마침내 한 번도 와본 적이 없는 곳에 이
르렀습니다. 그리고 모닥불을 피운 뒤 말했습
니다.

"여기서 기다리고 있어라. 졸리면 눈 좀 붙이고. 우리는 저쪽
에 나무하러 갔다가 저녁에 일을 마치면 데리러 오마."

점심때가 되자 그레텔은 자기 빵을 오빠와 나눠 먹었습니다.
헨젤의 빵을 길에다 모두 뿌렸기 때문입니다. 그리고 나서 남
매는 잠이 들었습니다. 어느새 저녁이 되었지만 부모는 불쌍
한 아이들을 찾으러 오지 않았습니다. 사방이 칠흑같이 어두
워졌을 때 남매는 잠에서 깨어났습니다. 헨젤이 누이동생을
달래며 말했습니다.

"달이 뜰 때까지만 기다려, 그레텔. 그러면 내가 흘린 빵 부
스러기가 보일 테니 그걸 따라 집으로 돌아가면 돼."

달이 뜨자 남매는 집을 향해 출발했습니다. 하지만 빵 부스
러기는 어디에서도 찾을 수가 없었습니다. 숲과 들판에 사는
새들이 몽땅 먹어 치웠던 것입니다.

"걱정 마. 길을 찾을 수 있을 거야."

헨젤은 그렇게 말했지만 길은 쉽게 찾아지지 않았습니다. 남매는 밤새도록 걸었습니다. 이튿날도 아침부터 밤까지 꼬박 걸었지만 숲을 빠져나가지 못했습니다. 먹은 음식이라고는 땅에서 자라는 산딸기만을 먹은 터라 배도 몹시 고팠습니다. 결국 지칠 대로 지쳐 버린 아이들은 한 발짝도 움직일 수가 없어 나무 밑에 쓰러져 잠이 들었습니다.

다시 아침이 밝았습니다. 집을 떠난 뒤로 세 번째 맞는 아침이었습니다. 아이들은 또 걷기 시작했습니다. 하지만 오히려 숲속으로 더 깊이 들어가기만 할 뿐이었습니다. 누군가 도와주지 않으면 굶어 죽을 게 뻔했습니다.

점심 무렵, 아이들은 눈처럼 하얗고 예쁜 새가 나뭇가지 위에 앉아 있는 것을 보았습니다. 아름다운 새의 노랫소리에 아이들은 발을 멈추고 가만히 귀를 기울였습니다. 노래를 마친 새는 날개를 퍼덕이며 앞으로 날아갔습니다. 아이들은 새를 따라갔습니다. 이윽고 빵으로 만든 작은 집이 나타났습니다. 지붕은 케이크로, 창문은 설탕으로 지은 집이었습니다.

헨젤이 소리쳤습니다.

"우아, 맛있겠다! 우리 가서 먹어 보자. 난 지붕을 먹을 테니 그레텔 넌 창문을 먹어 봐. 입안에서 살살 녹을 거야."

헨젤은 지붕 위로 올라가 지붕을 한 조각 떼어 냈습니다. 그레텔은 창에 기대서서 창문을 조금씩 갉아먹었습니다. 그때 집 안에서 날카로운 소리가 흘러나왔습니다.

"사각사각, 사각사각, 쥐 소리가 들리는데, 도대체 누가 내 집을 갉아먹는 거지?"

그러자 아이들이 대답했습니다.

"쥐가 아니라 바람이에요, 바람. 하늘에서 불어오는 순하디 순한 바람이라고요."

배가 무척이나 고팠던 아이들은 정신없이 먹기만 했습니다. 헨젤은 지붕이 얼마나 맛있던지 한 조각 뭉텅 잘라내 들고 내려왔고, 그레텔은 동그란 창문을 통째로 밀어 바닥에 떨어뜨린 뒤 주저앉아 오물오물 먹어 댔습니다.

그런데 갑자기 문이 벌컥 열리더니 꼬부랑 할머니가 목발을 짚고 밖으로 천천히 걸어 나왔습니다. 헨젤과 그레텔은 소스라치게 놀라 손에 들고 있던 빵을 떨어뜨렸습니다. 하지만 할머니는 괜찮다는 듯 고개를 저으며 말했습니다.

"아이고, 예쁜 것들. 여긴 어떻게 왔니? 안으로 들어가서 나랑 있자꾸나. 아무도 너희를 해치지 않아."

할머니는 아이들 손을 잡고 집 안으로 데리고 들어갔습니다. 그리고 남매에게 우유와 시럽 바른 팬케이크, 사과와 호두를 내놓았습니다. 그리고 작은 침대 두 개에 하얀 침대보도 깔아 주었습니다. 오랜만에 편한 잠자리에 든 아이들은 침대에 누워 기분 좋은 밤을 보낼 상상에 행복해졌습니다.

하지만 할머니는 겉으로만 친절했을 뿐, 사실은 아이들의 목숨을 노리는 못된 마녀였습니다. 빵으로 만든 집은 바로 아이들을 꾀어내기 위한 미끼였던 것입니다. 할머니는 일단 아이들이 손아귀에 들어오면 죽여서 요리한 다음 먹어 치우곤 했습니다. 마녀에겐 그날이 잔칫날인 셈이었습니다. 마녀들은 원래 눈이 빨갛고 시력이 나쁜 반면에 동물처럼 코가 예민했습니다. 그래서 인간이 가까이 있다는 걸 냄새로 금방 알아챌 수 있었습니다. 그래서 헨젤과 그레텔이 근처에 왔을 때 마녀는 음흉하게 웃으면서 이죽거렸습니다.

"너희들은 이제 내 밥이다! 절대로 도망칠 수 없어!"

다음 날 일찍 마녀는 아이들이 깨기 전에 일어나 두 볼이 장밋빛으로 발그레하게 물든 아이들의 사랑스런 모습을 지켜보며 중얼거렸습니다.

"맛이 기가 막히겠군!"

마녀는 깡마른 손으로 헨젤을 붙잡아 좁은 우리로 끌고 가서는 창살문을 잠가 버렸습니다. 헨젤이 아무리 소리를 질러도 소용없었습니다. 할머니는 이제 그레텔을 흔들어 깨우며 소리

쳤습니다.

"일어나, 이 게으른 것아! 물을 길어 와서 오빠한테 맛있는 걸 해먹여야지. 포동포동 살을 찌워야 해. 적당히 살이 오르면 그때 잡아먹을 거거든."

겁에 질린 그레텔은 흐느껴 울기 시작했지만 아무 소용이 없었습니다. 그레텔은 못된 마녀가 시키는 대로 해야 했습니다. 불쌍한 헨젤은 최고로 맛있는 음식을 먹었습니다. 하지만 그레텔은 게 껍데기밖에 먹지 못했습니다. 매일 아침마다 마녀는 조그만 우리를 찾아가 큰 소리로 말했습니다.

"헨젤, 얼마나 살이 붙었나 보게 손가락을 내밀어봐."

하지만 헨젤은 그때마다 작은 뼈를 내밀었고, 눈이 나쁜 마녀는 그 뼈가 헨젤의 손가락인 줄로만 알았습니다. 한 달이 지났는데도 헨젤이 여전히 비쩍 마른 손가락을 내밀자 마녀는 더이상 참고 기다릴 수가 없었습니다.

마녀가 그레텔을 불러 말했습니다.

"그레텔! 얼른 가서 물 길어와! 이젠 헨젤이 통통하든 마르든 상관없어. 내일 저 녀석을 잡아서 요리해야겠다."

불쌍한 그레텔은 엉엉 울며 물을 길어 왔습니다. 눈물이 뺨을 타고 흘러내렸습니다.

"하느님, 도와주세요! 차라리 숲속에서 맹수들한테 잡아먹

했더라면 함께 죽을 수나 있었을 텐데!"

다음 날 일찍 그레텔은 밖으로 나가 장작 위에 물이 가득 든 솥을 걸어 놓고 불을 지폈습니다. 마녀가 말했습니다.

"우선 빵부터 구워라. 반죽도 해놓고. 화덕을 미리 달궈 놓았으니까."

마녀가 그레텔을 화덕 쪽으로 밀며 말했습니다.

"화덕 안으로 기어 들어가서 빵을 구워도 될 만큼 온도가 올랐는지 보고 오너라."

마녀는 그레텔이 화덕 안으로 들어가면 문을 닫아 버릴 계획이었습니다. 그레텔도 구워서 먹어 버릴 작정이었던 것입니다. 하지만 마녀의 속셈을 눈치챈 그레텔이 이렇게 말했습니다.

"무슨 소린지 모르겠어요. 어떻게 안으로 들어가죠?"

"멍청하긴! 입구가 저렇게 넓은데. 봐라, 나도 들어가겠다!"

마녀가 뒤뚱뒤뚱 걸어가 화덕 입구에다 머리를 쑥 집어넣었습니다. 그 순간, 그레텔은 마녀를 있는 힘껏 화덕 속으로 밀어넣었습니다. 그러고는 얼른 철문을 닫고 빗장을 걸어 버렸습니다. 그레텔이 안도의 한숨을 돌리고 있을 때, 마녀의 끔찍한 비명소리가 화덕 안에서 들려왔습니다. 하지만 그레텔은 그 소리를 못 들은 체하며 곧바로 오빠가 있는 우리로 달려가 문을 열고 소리쳤습니다.

"오빠, 우린 이제 살았어! 마녀가 죽었다고!"

문이 열리자 헨젤은 새장에서 풀려난 새처럼 우리에서 뛰어 나왔습니다. 남매는 기뻐서 어쩔 줄을 몰랐습니다. 서로 부둥 켜안고 빙글빙글 춤을 추었습니다. 아이들은 이제 아무런 두 려움 없이 마녀의 집을 둘러보았습니다. 집 안 곳곳에 진주와 보석이 가득 담긴 상자가 널려 있었습니다.

"자갈보다야 보석이 백배 낫지."

헨젤은 주머니마다 보석을 잔뜩 집어넣었습니다.

"나도 가져갈래."

그레텔도 앞치마 가득 진주와 보석을 담았습니다.

"이제 그만 가자. 마녀의 숲을 빨리 빠져나가야 해."

헨젤이 말했습니다.

몇 시간을 걸어가자 큰 강이 나왔습니다.

"못 건너겠는걸. 다리 같은 게 안 보여."

헨젤의 말에 그레텔이 대꾸했습니다.

"저기 헤엄치고 있는 하얀 오리한테 부탁하면 도와줄 거야."

그러고는 큰 소리로 외쳤습니다.

"오리야, 오리야, 도와줘! 우리는 불쌍한 헨젤과 그레텔이란 다. 우리가 강을 건널 수 있도록 우릴 태우고 데려다 주렴!"

오리가 남매 쪽으로 헤엄쳐 왔습니다. 헨젤이 등에 올라타고는 그레텔에게도 타라고 말하자 그레텔이 고개를 저었습니다.

"그러면 오리가 너무 힘들 거야. 그러니 한 사람씩 타고 가자."

친절한 오리는 헨젤과 그레텔을 차례로 태우고 강을 건네주었습니다. 무사히 강을 건넌 남매는 다시 숲을 걸었습니다. 점점 눈에 익은 풍경이 펼쳐졌습니다. 마침내 자신들의 집이 저만치 보였습니다. 집 앞에 다다르자 아이들은 문을 박차고 들어가 아버지의 품에 와락 안겼습니다. 아버지는 아이들을 숲에 내다 버린 후 한시도 마음 편한 날이 없었습니다. 그사이 새어머니는 세상을 떠나고 없었습니다. 그레텔이 앞치마를 펼쳐 흔들자 진주와 보석들이 방바닥에 와르르 굴러떨어졌습니다. 헨젤도 주머니 속에서 진주와 보석을 한 움큼씩 끄집어냈습니다. 그날 이후 나무꾼과 아이들은 다시는 헤어지는 일 없이 오래오래 행복하게 살았습니다.

05

황금 거위

옛날 어느 마을에 아들 셋을 둔 남자가 살았습니다. 삼형제 중 막내는 얼간이라고 불리며 언제나 놀림을 받았습니다.

어느 날, 맏아들이 숲으로 나무를 하러 가게 되었습니다. 어머니는 맏아들에게 출출할 때 먹으라며 맛있는 팬케이크와 포도주 한 병을 싸주었습니다. 숲에 도착한 아들은 늙은 난쟁이를 만났습니다. 난쟁이가 인사를 건네며 말했습니다.

"주머니에 든 팬케이크 한 조각과 포도주 한 모금만 나눠 주시오. 목이 타고 배가 고파 쓰러질 지경이라오."

그러자 배려심이라곤 없는 맏아들은 이렇게 대꾸했습니다.

"당신한테 팬케이크와 포도주를 주면 난 뭘 먹으라고요? 어서 길이나 비켜요."

맏아들은 난쟁이를 외면한 채 숲속으로 더 깊이 들어갔습니다. 그런데 나무를 베기 시작한 지 얼마 되지 않아 도끼를 놓치는 바람에 팔을 다치고 말았습니다. 맏아들은 팔에 붕대를 감기 위해 할 수 없이 집으로 돌아와야만 했습니다. 하지만 이 사고는 모두 늙은 난쟁이가 꾸민 짓이었습니다.

얼마 뒤 둘째 아들이 숲으로 가게 되었습니다. 어머니는 맏아들에게 했던 것처럼 팬케이크와 포도주를 챙겨 주었습니다. 둘째 아들도 늙은 난쟁이를 만났습니다. 난쟁이가 팬케이크 한 조각과 포도주 한 모금을 달라고 사정하자 맏아들과 마찬가지로 둘째 아들도 단칼에 거절했습니다.

"당신한테 주고 나면 내가 먹을 게 줄어들잖소? 어서 길이나 비켜요."

그러고는 난쟁이를 외면한 채 숲속으로 깊숙이 들어갔습니다. 그리고 얼마 못 가 맏아들과 똑같은 벌을 받았습니다. 몇 번 도끼질을 하다가 그만 제 다리를 내려찍고 말았던 것입니다. 결국 둘째 아들은 집으로 실려 오는 신세가 되었습니다.

그러자 얼간이라 불리는 막내가 말했습니다.

"아버지, 제가 가서 나무를 해오겠습니다."

아버지가 말했습니다.

"형들이 다친 게 보이지 않니? 너는 숲 근처에도 가지 말거라. 게다가 넌 나무를 베어본 적도 없지 않느냐?"

하지만 막내가 계속 고집을 부리자 아버지는 할 수 없이 허락했습니다.

"그래, 가거라. 다쳐 봐야 정신을 차리려나 보구나."

어머니는 막내에게 물과 재로 만든 팬케이크와 김빠진 맥주한 병을 들려 보냈습니다. 숲에 도착하자 역시 늙은 난쟁이와 마주쳤습니다. 난쟁이가 인사를 하며 말했습니다.

"팬케이크 한 조각과 술 한 모금만 나눠 주시오. 목이 타고 배가 고파 쓰러질 지경이라오."

그러자 막내가 말했습니다.

"재로 만든 팬케이크와 김빠진 맥주뿐이지만, 괜찮다면 같이 앉아 드세요."

두 사람은 자리를 잡고 나란히 앉았습니다. 그런데 재로 만든 팬케이크는 먹음직스러운 팬케이크로 변해 있었습니다. 김빠진 맥주도 훌륭한 포도주로 바뀌어 있었습니다. 음식을 다먹고 난 난쟁이가 말했습니다.

"가진 것을 기꺼이 나눠 주다니 마음이 착한 사람이군요. 고마움의 표시로 당신께 행운을 드리리다. 저쪽에 오래된 나무가 한 그루 있소. 가서 나무를 베어 보면 뿌리 사이에 뭔가 있을 것이오.”

난쟁이는 알쏭달쏭한 말을 남기고 떠났습니다.

막내는 난쟁이가 말한 곳으로 가 나무를 베었습니다. 나무가 쓰러지자 뿌리 틈으로 깃털이 온통 황금으로 된 거위 한 마리가 보였습니다.

막내는 거위를 안고는 하룻밤 묵을 생각으로 여관을 찾았습니다. 그 여관의 주인에게는 딸이 셋 있었는데, 황금 거위를 보자마자 호기심이 생겨 견딜 수가 없었습니다. 황금 깃털을 하나 가졌으면 싶은 욕심도 났습니다. 큰딸은 속으로 생각했습니다.

‘기회를 봐서 깃털 하나만 뽑는 거야.’

막내가 밖으로 나가자, 큰딸은 거위의 날개를 덥석 움켜잡았습니다. 그런데 손이 날개에 달라붙어 떨어지지 않았습니다. 잠시 후 둘째도 깃털을 뽑으려고 막내의 방으로 왔습니다. 하지만 언니의 몸에 손이 닿는 순간 철썩 달라붙고 말았습니다. 이윽고 막내딸도 언니들처럼 깃털을 뽑겠다며 찾아왔습니다. 그러자 두 언니가 마구 소리를 질렀습니다.

"저리 가! 가까이 오지 마!"

하지만 막내딸은 무슨 뜻인지 알아차리지 못했습니다.

'언니들도 갔는데 내가 못 갈 이유가 뭐람.'

막내딸이 달려가 둘째 언니의 몸에 손을 댔습니다. 순간 막내딸도 언니에게 달라붙었습니다. 결국 세 자매는 거위와 함께 밤을 보내야만 했습니다.

다음 날, 막내는 황금 거위를 안고 길을 떠났습니다. 세 자매가 거위에 붙어 있건 말건 신경도 쓰지 않았습니다. 세 자매는 막내가 오른쪽으로 가면 오른쪽으로, 왼쪽으로 가면 왼쪽으로 졸졸 따라다닐 수밖에 없었습니다. 한참 길을 재촉하던 네 사람은 들판 한가운데서 목사를 만났습니다. 목사는 막내의 뒤를 졸졸 따라가는 세 자매를 보고는 호통을 쳤습니다.

"아가씨들이 부끄러운 줄 알아야지! 어디서 그런 해괴망측한 짓을!"

목사는 셋째 딸의 손을 잡아 끌어당기려고 했습니다. 하지만 손이 닿자마자 목사의 몸도 달라붙어 버려 결국 뒤를 따라다니는 신세가 되고 말았습니다. 얼마 후 교회지기가 지나가다 세 처녀의 꽁무니를 종종거리며 따라가는 목사의 모습을 보고 깜짝 놀라 소리쳤습니다.

"목사님, 어딜 그리 급하게 가세요? 오늘 세례식 있는 거 잊

으셨어요?"

　교회지기가 목사에게 달려와 소매를 붙잡았습니다. 그러자 교회지기도 다른 사람들처럼 찰싹 달라붙어 버렸습니다. 이제 막내의 뒤로 다섯 명이 줄줄이 종종걸음을 치는 꼴이 되었습니다. 저만치 농부 둘이 괭이를 들고 밭에서 돌아오는 모습이 보였습니다. 그러자 목사가 자신들을 떼어 달라며 소리를 질렀습니다. 하지만 교회지기를 건드리는 순간 농부들도 꼼짝없이 달라붙고 말았습니다. 결국 막내와 황금 거위의 꽁무니를 따라다니는 사람은 일곱으로 불어났습니다.

　얼마 후, 막내는 외동딸을 둔 왕이 다스리는 도시에 이르렀습니다. 그런데 공주는 늘 심각한 얼굴로 절대 웃는 법이 없었습니다. 그래서 왕은 공주를 웃기는 사람은 누구든지 사위로 삼겠다고 선포했습니다.

그 소문을 들은 막내는 거위와 딸린 사람들을 데리고 공주를 찾아갔습니다. 일곱 명이 줄줄이 붙어 종종걸음을 치는 모습을 보자마자 공주는 웃음을 참지 못하고 배꼽을 잡고 웃어 댔습니다.

하지만 막내가 공주를 신부로 달라고 하자, 왕은 온갖 구실을 대며 사위로 맞아들일 수 없다고 했습니다. 그러더니 지하실에 있는 포도주를 모두 마실 수 있는 사람을 데려오면 결혼을 허락하겠다고 말했습니다.

막내는 늙은 난쟁이가 퍼뜩 떠올랐습니다. 그 난쟁이라면 도움을 줄지도 몰랐습니다. 그래서 숲으로 들어가 난쟁이를 처음 만났던 곳으로 갔습니다. 그랬더니 한 남자가 울상을 한 채 앉아 있었습니다. 막내가 무슨 걱정이 있느냐고 묻자 남자가 대답했습니다.

"목이 타서 죽겠는데 갈증을 풀 수가 없어요. 찬물은 못 마시고, 방금 포도주 한 병을 다 비웠는데도 아무 소용이 없네요. 뜨겁게 달아오른 바위 위에 물 한 방울 떨어진 꼴밖에 안 되는걸요."

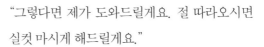

"그렇다면 제가 도와드릴게요. 절 따라오시면 실컷 마시게 해드릴게요."

막내는 남자를 왕의 지하실로 데려갔습니다. 남자는 커다란 술통을 보자마자 달려들어 마시기 시작했습니다. 옆구리가 결릴 정도로 포도주를 벌컥벌컥 마셔 대던 남자는 결국 날이 저물기 전에 모든 술통을 깨끗이 비워 버렸습니다.

막내는 다시 공주를 신부로 달라고 왕에게 말했습니다. 하지만 왕은 다들 얼간이라고 부르는 형편없는 놈에게 딸을 내주는 게 못 미더웠습니다. 그래서 새로운 조건을 내세웠습니다. 막내는 이제 산더미 같은 빵을 먹어 치울 수 있는 사람을 구해 와야 했습니다.

막내는 곧장 숲으로 달려갔습니다. 난쟁이를 만났던 자리에 다시 가보니 한 남자가 앉아 허리띠를 졸라매고 있었습니다. 남자가 퀭한 얼굴로 말했습니다.

"빵 한 바구니를 다 먹었는데도 언제 먹었나 싶어요. 여전히 배가 텅텅 비어 있는걸요. 배가 고파 죽지 않으려면 이렇게 허리띠를 졸라맬 수밖에 없어요."

막내는 기뻐하며 말했습니다.

"일어나서 저와 함께 가요. 빵을 실컷 먹게 해드릴게요."

막내는 남자를 궁전 마당으로 데려갔습니다. 왕은 나라 안에 있는 밀가루란 밀가루는 다 긁어모아 빵을 굽게 한 다음 산더미처럼 쌓아 놓았습니다. 하지만 숲에서 온 남자는 빵을 타고 올라가 우걱우걱 먹기 시작해 결국 하루 만에 산더미 같은 빵을 남김없이 먹어 버렸습니다.

막내가 세 번째로 공주를 달라고 왕에게 말했습니다. 하지만 왕은 땅에서도 물에서도 갈 수 있는 배를 가져와야 한다며 또 다른 핑계를 댔습니다.

"자네가 그 배를 타고 돌아오면 내 딸을 자네에게 주겠네."

막내는 곧장 숲으로 가서 자기가 예전에 케이크를 주었던 늙은 난쟁이를 만나 사정을 이야기했습니다. 그러자 난쟁이가 말했습니다.

"나는 당신을 위해 마시고 또 먹었습니다. 이번에는 배를 드릴 차례군요. 이 모두가 내게 친절을 베풀어준 대가입니다."

난쟁이는 막내에게 배를 주었습니다. 왕은 배를 보자 더 이상 딸을 못 주겠다고 버틸 수가 없었습니다. 마침내 두 사람의 성대한 결혼식이 치러졌습니다.

왕이 죽은 뒤 왕국을 물려받은 막내는 아름다운 아내와 함께 행복하게 살았습니다.

06

잠자는 숲속의 공주

아주 오랜 옛날, 한 나라에 왕과 왕비가 살고 있었습니다. 평화롭게 나라를 다스리던 왕과 왕비에게는 딱 한 가지 걱정이 있었습니다. 바로 자식이 없다는 것이었습니다.

그들은 매일같이 이렇게 말했습니다.

"아, 우리에게도 아기가 있었으면!"

하지만 아기는 좀처럼 생기지 않았습니다.

그러던 어느 날 왕비가 목욕을 하는데, 개구리 한 마리가 물가로 기어와 말했습니다.

"왕비님의 소원은 이루어질 것입니다. 올해가 가기 전에 따님을 얻게 되실 겁니다."

개구리의 예언은 현실이 되었습니다. 왕비는 어여쁜 공주를 낳았습니다. 왕은 크게 기뻐하며 성대한 잔치를 열기로 했습니다. 친척과 친구는 물론이고, 공주의 앞날에 축복의 기운을 불어넣기 위해 지혜로운 여인들도 초대했습니다. 나라 안에는 지혜로운 여인이 모두 열세 명 있었는데, 음식을 대접할 금접시가 열두 개밖에 없는 바람에 한 명은 초대를 받지 못했습니다.

잔치가 끝나갈 무렵, 지혜로운 여인들은 저마다 공주에게 놀라운 선물을 선사했습니다. 한 사람은 미덕을, 한 사람은 아름다움을, 또 한 사람은 재산을…… 그렇게 해서 공주는 사람이 세상에서 가질 수 있는 거의 모든 것을 선물 받았습니다. 열한 번째 여인이 선물을 주고 났을 때, 열세 번째 여인이 불쑥 모습을 드러냈습니다. 초대받지 못한 데 화가 나서 복수를 하러 온 참이었습니다. 여인은 인사도 없이 다짜고짜 소리를 질렀습니다.

"공주가 열다섯 살이 되는 해, 물렛가락에 찔려 죽게 되리라!"

열세 번째 여인은 이 한마디만 남긴 채 나가 버렸습니다. 사람들은 공포에 떨었습니다. 그러자 아직 선물을 주지 않은 열두 번째 여인이 앞으로 나섰습니다. 그리고 뭔가 결심을 한 듯 말했습니다.

"공주는 죽지 않을 것이다. 그 대신 백 년 동안 깊은 잠에 빠질 것이다!"

왕은 사랑하는 딸을 보호하기 위해 나라 안에 있는 물렛가락을 모두 태워 없애 버리라고 명령했습니다. 한편 지혜로운 여인들의 약속은 그대로 이루어져 공주는 아름답고, 예의 바르고, 다정하고, 현명한 소녀로 자라났습니다. 누구라도 공주를 한번 보면 사랑하지 않을 수 없었습니다.

공주가 열다섯 살이 되던 날, 왕과 왕비가 궁전을 비워 공주 혼자 남게 되었습니다. 공주는 궁전의 이곳저곳을 구경하며 신나게 돌아다니다 마침내 오래된 탑을 발견했습니다. 비좁은 나선형 계단을 올라가자 작은 문이 나왔고, 자물통 속에 녹슨 열쇠가 꽂혀 있었습니다. 공주가 열쇠를 돌리니 문이 철컥 열렸습니다. 작은 방 안에는 할머니 한 분이 물레 앞에 앉아 열심히 실을 잣고 있었습니다.

"안녕하세요, 할머니. 거기서 뭐하세요?"

공주가 인사를 건넸습니다.

"실을 뽑고 있다우."

할머니가 고개를 끄덕이며 말했습니다.

"저기 우스꽝스럽게 오르락내리락하는 건 뭐에요?"

공주는 이렇게 물으면서 물렛가락을 들고 물레를 돌려 보려고 했습니다. 하지만 물렛가락에 손이 닿자마자 손가락을 찔리고 말았습니다.

공주는 따끔함을 느끼는 동시에 침대에 쓰러져 깊은 잠에 빠져들었습니다. 잠은 궁전 전체로 퍼져 나갔습니다. 궁전으로 돌아온 왕과 왕비도 안으로 발을 들여놓기가 무섭게 잠이 들었습니다. 궁전 안 사람들도 마찬가지였습니다. 마구간의 말도, 마당의 개도, 지붕 위 비둘기도, 벽에 붙은 파리도 잠이 들었습니다. 화로에서 타닥타닥 타오르던 불꽃도 이내 사그라졌습니다. 고기도 지글지글 구워지다 말았고, 부엌에서 잔심부름하는 소년을 혼내던 요리사도 소년의 머리카락을 잡아당기려던 자세 그대로 잠에 빠졌습니다. 급기야는 바람마저 잦아들어 궁전 밖 나무들은 이파리조차 흔들리지 않게 되었습니다.

궁전 주위로 들장미가 울타리처럼 자라기 시작하더니, 해마다 줄기가 쑥쑥 자라나 온 궁전을 들장미 넝쿨로 뒤덮었습니다. 심지어 궁전의 지붕 위에 꽂힌 깃발조차 보이지 않았습니다. 그리하여 공주는 '잠자는 들장미 공주'라는 이름을 얻었고, 공주에 대한 이야기는 온 나라로 퍼져 나갔습니다. 때때로 들장미 울타리를 뚫고 궁전으로 들어가 보려는 왕자들도 있었습니다. 하지만 장미 가시가 마치 손이라도 맞잡은 듯 몸을 죄는 바람에 왕자들은 장미 넝쿨 속에 꼼짝없이 갇힌 채 비참하게

죽어 갔습니다.

그 후 많은 시간이 지났습니다. 한 왕자가 이 나라를 지나다 어떤 노인에게 들장미 울타리에 관한 소문을 들었습니다. 울타리 너머 궁전 안에 들장미 공주라 불리는 아름다운 공주가 있는데, 왕과 왕비와 모든 신하들과 함께 백 년 동안 잠들어 있다는 이야기였습니다. 노인은 또한 자기 할아버지에게서 수많은 왕자들이 들장미 울타리를 뚫으려고 왔다가 넝쿨에 갇혀 비참한 죽음을 맞이한 이야기도 들었다고 말했습니다.

그러자 젊은 왕자가 말했습니다.

"난 겁나지 않소. 가서 아름다운 공주를 꼭 보고 말겠소."

노인은 다른 이들의 이야기를 들려주며 왕자를 말렸지만 왕자는 고집을 꺾지 않았습니다.

왕자가 궁전으로 간 날은 때마침 백 년이 지나고 들장미 공주가 깨어나는 날이었습니다. 왕자가 들장미 울타리로 다가가자 아름다운 꽃들이 스스로 길을 터주었습니다. 왕자는 뜰에서 말과 사냥개가 잠들어 있는 모습

을 보았습니다. 지붕 위 비둘기들도 날개에 머리를 박은 채 잠

들어 있었습니다. 왕자가 궁전 안으로 들어서니 파리가 벽에

붙은 채 자고 있었고, 요리사는 심부름하는 아이를 움켜잡으려

는 듯 팔을 든 채로, 하녀는 막 털을 뽑으려는 듯 검은 닭다리를 잡고 앉아서 자고 있었습니다. 궁전 안으로 들어가니 신하들이 여기저기 쓰러져 잠든 모습이 보였습니다. 왕과 왕비도 마찬가지였습니다. 사방이 어찌나 조용한지 걸음을 옮기는 왕자의 숨소리까지 들릴 정도였습니다.

마침내 탑으로 올라간 왕자는 공주가 잠들어 있는 작은 방의 문을 열었습니다. 그러자 눈부시게 아름다운 공주의 모습이 눈에 들어왔습니다. 왕자는 공주에게서 잠시도 눈을 뗄 수가 없었습니다. 왕자는 허리를 숙여 공주에게 입을 맞추었습니다. 왕자의 입술이 공주의 입술에 닿자 공주가 눈을 뜨더니 다정한 눈길로 왕자를 바라보았습니다. 두 사람은 탑 아래로 내려갔습니다. 왕과 왕비와 신하들도 줄줄이 깨어나서는 놀란 눈으로 서로를 쳐다보았습니다. 뜰에 서 있던 말들도 푸르르 몸을 털었습니다. 사냥개들은 껑충껑충 뛰어다니며 연신 꼬리를 흔들어 댔습니다. 지붕 위에 있던 비둘기들은 머리를 들고 주위를 둘러보더니 들판으로 날아갔습니다. 벽에 붙은 파리도 윙윙 소리를 내며 날아다녔습니다. 부엌의 장작불도 활활 타올랐습니다. 고기가 다시 지글지글 소리를 내며 익기 시작했고, 요리사가 따귀를 때리자 심부름하는 아이가 비명을 질렀습니다. 닭의 다리를 움켜쥔 하녀는 닭 털을 마저 뽑았습니다.

얼마 후 왕자와 들장미 공주의 결혼식이 성대하게 치러졌습니다. 온 나라 백성의 축복 속에 두 사람은 오래오래 행복하게 살았습니다.

07

룸펠슈틸츠헨

옛날에 예쁜 딸을 둔 가난한 방앗간 주인이 살았습니다. 어느 날 방앗간 주인은 우연히 왕과 이야기를 나눌 기회가 생겼습니다. 그는 왕에게 대단한 사람처럼 보이고 싶은 마음에 이렇게 말했습니다.

"제 딸은 짚으로 금실을 만들 줄 안답니다."

"거참, 마음에 드는 재주로군! 네 딸이 그런 훌륭한 재주를 지녔다면 내일 당장 성으로 데려오너라. 시험을 해봐야겠구나."

다음 날 왕은 방앗간 주인의 딸을 짚이 가득 쌓인 방으로 데려간 다음 물레를 주며 말했습니다.

"자, 일을 시작해라! 여기 있는 짚을 내일 아침까지 금실로 바꿔 놓지 못하면 네 목숨은 끝이니라."

그러고는 딸만 혼자 남겨둔 채 문을 잠그고 나가 버렸습니다.

불쌍한 방앗간 집 딸은 이젠 죽었구나 싶은 생각에 어쩔 줄을 몰랐습니다. 짚으로 금실을 만드는 재주가 있을 리 만무했습니다. 두려움은 점점 커져 갔습니다. 딸이 훌쩍훌쩍 울기 시작하자 갑자기 문이 벌컥 열리면서 난쟁이 하나가 들어왔습니다.

"안녕하세요, 방앗간 아가씨. 왜 그리 슬피 우나요?"

"짚으로 금실을 만들어야 하는데, 전 그런 재주가 없거든요."

그러자 난쟁이가 물었습니다.

"금실을 만들어 주면 아가씬 나한테 무엇을 줄 수 있소?"

"목걸이를 드릴게요."

난쟁이가 목걸이를 받고 물레 앞에 앉아 윙윙윙 세 번 물레를 돌렸습니다. 그러자 실패에 금실이 잔뜩 감겼습니다. 난쟁이는 실패를 갈고 윙윙윙 물레를 돌려 두 번째 뭉치를 만들었습니다. 난쟁이가 밤새 물레를 돌린 덕분에 그 많던 짚은 모두 금실로 변했습니다. 동이 트자마자 달려온 왕은 금실을 보자 깜짝 놀라며 기뻐했습니다.

왕은 더욱 욕심이 생겼습니다. 그래서 방앗간 집 딸을 어제보다 훨씬 더 큰 방에 가둬 놓고는 목숨이 아깝거든 그 안에 있는 짚을 모두 금으로 바꿔 놓으라고 명령했습니다.

딸은 어찌할 바를 몰라 훌쩍훌쩍 울기 시작했습니다. 그러자 또 문이 열리면서 난쟁이가 나타났습니다.

"내가 이 짚을 금실로 만들어 주면 아가씨 나한테 무엇을 주겠소?"

"손가락에 낀 반지를 드릴게요."

난쟁이는 반지를 받고 다시 물레 앞에 앉아 일을 하기 시작했습니다. 그리고 아침이 되자 짚들은 모두 반짝이는 금으로 변해 있었습니다. 그 모습을 본 왕은 말할 수 없이 기뻤습니다. 하지만 욕심이 커진 왕은 더 큰 방에다 짚을 가득 채워 넣은 뒤 방앗간 집 딸을 가둬 놓고 말했습니다.

"오늘 밤 안에 이걸 전부 금으로 만들어라. 이번에도 성공하면 널 내 아내로 맞이하겠다."

왕은 속으로 생각했습니다.

'하잘것없는 방앗간 집 딸이긴 하지만 이 세상 어디에도 이만한 능력을 가진 사람은 없을 거야.'

딸이 혼자 남게 되자 난쟁이가 세 번째로 나타나 물었습니다.

"내가 이 짚을 다시 금실로 만들어 주면
아가씨 나한테 무엇을 주겠소?"

"이젠 아무것도 드릴 게 없어요."

"그러면 아가씨가 왕비가 되어 낳은 첫아이를 나한테 준다고 약속하시오."

'정말 왕비가 될지는 두고 볼 일이지.'

방앗간 집 딸은 속으로 생각했습니다.

하지만 다른 뾰족한 수가 없었기에 그렇게 하겠다고 난쟁이에게 약속했습니다. 난쟁이는 다시 짚을 금실로 만들어 주었습니다. 아침이 되어 나타난 왕은 모든 게 원하는 대로 되어 있자 약속대로 결혼식을 올렸습니다. 아름다운 방앗간 아가씨는 정말로 왕비가 되었습니다.

일 년 뒤 왕비는 예쁜 아이를 낳았습니다. 그러자 그동안 까맣게 잊고 지냈던 난쟁이가 불쑥 나타나 왕비에게 말했습니다.

"이제 약속을 지키셔야죠."

왕비는 소스라치게 놀라며 아이를 내버려 두면 나라 안에 있는 보물을 전부 주겠다고 말했습니다. 하지만 난쟁이는 거부했습니다.

"싫소. 보물들보다 나한텐 살아 있는 생명이 더 귀하오."

하지만 왕비가 너무나도 애처롭게 울며 슬퍼하자 안됐다는 생각이 들어 이렇게 말했습니다.

"사흘을 주겠소. 그때까지 내 이름을 알아맞히면 아기를 데려가지 않겠소."

왕비는 자신이 알고 있는 모든 이름을 떠올리며 온밤을 지새 웠습니다. 그리고 궁전 밖으로 사람을 보내 또 다른 이름들을 알아 오게도 했습니다.

다음 날 난쟁이가 나타나자 왕비는 카스파르, 멜키오르, 발 제르부터 시작해서 아는 이름을 차례대로 읊었습니다. 하지만 난쟁이는 번번이 퇴짜를 놓으며 말했습니다.

"그건 내 이름이 아니오."

둘째 날, 왕비는 신하들에게 이웃 나라 사람들은 어떤 이름 을 쓰는지 알아오라고 했습니다. 난쟁이가 다시 나타나자 왕 비는 희한하고 특이한 이름들을 댔습니다.

"당신의 이름은 소갈비인가요? 아니면 양갈비, 그것도 아니 라면 묶은 다리인가요?"

하지만 난쟁이의 대답은 한결같았습니다.

"그건 내 이름이 아니오."

사흘째가 되는 날, 신하가 궁전으로 돌아와 왕비에게 보고했 습니다.

"새로운 이름을 하나도 찾지 못했습니다. 그런데 높은 산을 오르던 중 숲 언저리에서 작은 오두막을 하나 보았습니다. 오 두막 앞에는 모닥불이 피워져 있었는데, 우스꽝스럽게 생긴 난 쟁이 하나가 외발로 껑충껑충 불 주위를 돌며 소리를 꽥꽥 지르고 있더라고요. 오늘은 술을 빚고 내일은 빵을 굽자. 이제 곧 왕비의 아이를 갖게 되리니. 오, 누가 맞힐 수 있을까. 내 이름이 룸펠슈틸츠헨이라는 것을!"

난쟁이의 이름을 알게 된 왕비의 기쁨은 이루 말할 수 없었습니다. 이윽고 난쟁이가 나타나 다짜고짜 물었습니다.

"내 이름이 무엇이지요, 왕비님?"

왕비는 먼저 엉뚱한 이름을 넌지시 말해 보았습니다.

"쿤츠인가요?"

"아니."

"하인츠인가요?"

"아니."

"그럼 혹시 룸펠슈틸츠헨인가요?"

"악마가 말해 줬구나! 악마가 말해 줬어!"

난쟁이가 비명을 지르며 오른발을 사납게 굴렀습니다. 그 바람에 난쟁이의 오른쪽 다리가 땅속에 깊숙이 파묻혔습니다. 이에 분을 참지 못한 난쟁이가 두 손으로 왼발을 움켜쥐고 잡아당기자 난쟁이의 몸은 둘로 쭉 찢어지고 말았습니다.

난쟁이에게서 아기를 지켜낸 왕비는 왕자가 건강하게 자라는 모습을 지켜보며 오래도록 행복하게 살았습니다.

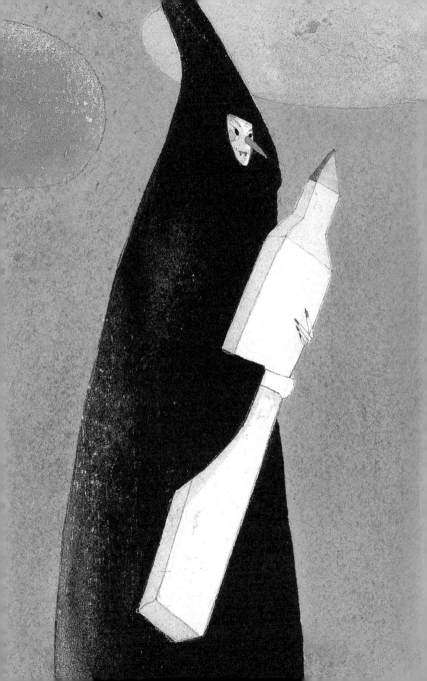

08

라푼젤

옛날에 한 부부가 살았습니다. 부부는 오래전부터 아기가 생기길 바랐지만 마음대로 되지 않았습니다. 그러다 하느님이 아내에게 희망의 씨앗을 준 덕분인지 마침내 아기를 가지게 되었습니다.

부부가 사는 집 뒤편의 조그만 창으로는 눈부시게 아름다운 꽃들과 식물이 가득한 멋진 정원이 보였습니다. 하지만 그 정원은 높은 담으로 둘러싸여 있는 데다, 강력한 마법을 지닌 무서운 마녀가 주인인 탓에 아무도 쉽게 들어갈 엄두를 내지 못했습니다.

어느 날 창가에 서서 정원을 내다보던 아내는 탐스러운 상추들을 발견했습니다. 연둣빛 상추가 어찌나 싱싱해 보이던지 절로 군침이 돌면서 조금이라도 맛보고 싶은 마음이 간절했습니다. 그리고 그 마음은 날이 갈수록 커져만 갔습니다. 하지만 먹을 수 없다는 사실을 누구보다 잘 아는 터라 매일매일 애만 태우다 살이 쏙 빠졌고, 안색마저 창백해져 나날이 수척해져 갔습니다.

아내의 퀭한 모습에 놀란 남편이 물었습니다.

"여보, 대체 무슨 일이오?"

"아아, 우리 집 뒤 정원에 있는 상추를 못 먹으면 죽을 것 같아요."

아내의 간절한 바람에 남편은 무슨 짓을 해서라도 그 상추를 꼭 구해 와서 아내를 살려야겠다고 다짐했습니다.

해질 무렵, 남편은 담장을 타고 올라가 마녀의 정원으로 뛰어내렸습니다. 그리고 서둘러 상추를 한 움큼 뽑아다 아내에게 갖다 주었습니다. 아내는 상추 샐러드를 만들어 허겁지겁 먹어 치웠습니다.

하지만 그 맛에 반해 버린 아내는 다음 날이 되자 상추를 먹고 싶은 마음이 점점 더 커져 갔습니다. 아내를 위해 남편은 또 한 번 담을 넘어야 했습니다. 그래서 해가 떨어지길 기다렸다가 다시 담을 타고 올라갔습니다. 그런데 맞은편 정원으로 뛰어내린 순간, 남편은 까무러칠 듯 놀라고 말았습니다. 눈앞에 마녀가 떡하니 버티고 서 있었기 때문입니다.

마녀가 성난 얼굴로 말했습니다.

"감히 도둑처럼 내 정원에 들어와 상추를 훔쳐 가겠다고? 그 대가를 치르게 해주마!"

"아이고, 부디 자비를 베풀어 주십시오. 어쩔 수 없어 그랬습니다. 임신한 아내가 창문 너머로 이 상추들을 보고는 어찌나 먹고 싶어 하던지, 제가 갖다 주지 않으면 죽을지도 모릅니다요."

그 말을 들은 마녀는 화를 가라앉히고 말했습니다.

"네 말이 사실이라면 얼마든지 뽑아 가도 좋다. 하지만 한 가지 조건이 있다. 네 아내가 낳은 아기는 내가 데려가겠다. 아이는 걱정할 것 없다. 내가 친엄마처럼 잘 돌봐 줄 테니까."

남편은 마녀가 얼마나 무서웠던지 시키는 대로 하겠다는 약속을 덜컥 하고 말았습니다. 드디어 아내가 아기를 낳자, 마녀가 나타나 아기에게 '라푼젤'이라는 이름을 지어 주고는 아기를 데려가 버렸습니다.

라푼젤은 세상에서 가장 아름다운 소녀로 자라났습니다. 하지만 열두 살이 되자, 마녀는 숲속에 있는 높다란 탑 안에 라푼젤을 가두어 버렸습니다. 그 탑에는 문도 계단도 없었고 꼭대기에 작은 창이 하나 있을 뿐이었습니다. 마녀는 탑에 올라가고 싶을 때마다 탑 밑에 서서 이렇게 소리치곤 했습니다.

"라푼젤, 라푼젤! 머리채를 내려 다오."

라푼젤의 머리카락은 아주 긴 데다 금실처럼 곱고 윤기가 흘렀습니다. 마녀의 목소리가 들릴 때마다 라푼젤은 땋아 올렸던 머리를 풀어 창문 고리에 한 번 감은 다음 머리채를 길게 늘어뜨렸습니다. 그러면 마녀는 그것을 타고 올라갔습니다.

몇 년이 흐른 어느 날, 한 왕자가 말을 타고 숲으로 들어왔다가 탑 근처를 지나게 되었습니다. 그러다 갑자기 들려오는 아름다운 노랫소리에 가던 길을 멈추고 귀를 기울였습니다. 노래의 주인공은 라푼젤이었습니다. 라푼젤은 자신의 달콤한 목소리가 숲속으로 퍼져 나가는 걸 들으며 외로움을 달래고 있었습니다.

왕자는 라푼젤이 있는 곳으로 올라가고 싶어 입구를 찾아보았지만 어디에도 문은 없었습니다. 그래서 하는 수 없이 궁전으로 돌아갔습니다. 하지만 가슴을 뒤흔드는 노랫소리를 잊지 못해 매일같이 숲을 찾았습니다. 어느 날은 왕자가 나무 뒤에 서서 탑을 바라보고 있는데, 마녀가 나타나 이렇게 외치는 것이었습니다.

"라푼젤, 라푼젤! 머리채를 내려 다오."

그러자 라푼젤이 길게 땋은 머리채를 아래로 늘어뜨렸고, 마녀

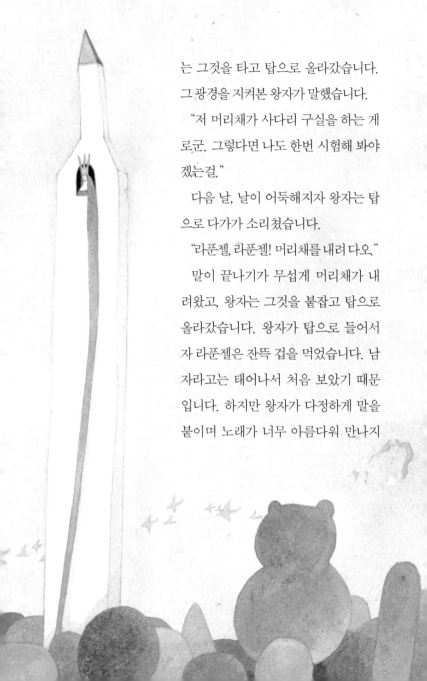

는 그것을 타고 탑으로 올라갔습니다.
그 광경을 지켜본 왕자가 말했습니다.

"저 머리채가 사다리 구실을 하는 게
로군. 그렇다면 나도 한번 시험해 봐야
겠는걸."

다음 날, 날이 어둑해지자 왕자는 탑
으로 다가가 소리쳤습니다.

"라푼젤, 라푼젤! 머리채를 내려 다오"

말이 끝나기가 무섭게 머리채가 내
려왔고, 왕자는 그것을 붙잡고 탑으로
올라갔습니다. 왕자가 탑으로 들어서
자 라푼젤은 잔뜩 겁을 먹었습니다. 남
자라고는 태어나서 처음 보았기 때문
입니다. 하지만 왕자가 다정하게 말을
붙이며 노래가 너무 아름다워 만나지

않고는 견딜 수가 없었다고 진심을 털어놓자 이내 긴장을 풀었습니다. 왕자는 라푼젤에게 신부가 되어 달라고 청했습니다. 라푼젤은 젊고 잘생긴 왕자를 보며 생각했습니다.

'왕자님은 분명히 어머니보다 날 더 사랑해 주실 거야.'

라푼젤은 청혼을 받아들이며 왕자의 손을 가만히 잡고 말했습니다.

"저도 왕자님과 함께 가고 싶어요. 하지만 내려갈 방법이 없어요. 그러니 여기 오실 때마다 비단실을 한 타래씩 갖다 주세요. 그러면 그걸 엮어 사다리를 만들게요. 사다리가 완성되면 그때 내려갈게요. 그러면 왕자님의 말을 타고 멀리 떠날 수 있어요."

두 사람은 낮에만 찾아오는 마녀를 피해 밤마다 만나기로 약속했습니다. 다행히도 마녀는 아무 눈치도 못 채고 있었습니다. 그러던 어느 날, 라푼젤의 입에서 불쑥 말이 튀어나오고 말았습니다.

"어머니, 어째서 왕자님보다 어머니가 더 무거울까요? 왕자님은 순식간에 올라오시던데요."

그러자 마녀가 고함을 쳤습니다.

"이런 못된 것! 도대체 그게 무슨 소리냐? 난 네가 바깥세상하고는 담을 쌓고 사는 줄 알았는데, 감쪽같이 날 속이고 있었구나!"

마녀는 노발대발하며 라푼젤의 아름다운 머리채를 왼손으로 휘감고는 오른손으로 가위를 들어 싹둑싹둑 잘라 버렸습니다. 눈부시게 빛나던 머리카락이 바닥으로 우수수 떨어졌습니다. 잔인한 마녀는 그것으로도 모자라 라푼젤을 황무지로 데려갔습니다. 그곳에서 라푼젤은 크나큰 슬픔과 고통을 겪으며 살아야 했습니다.

라푼젤을 쫓아낸 그날, 마녀는 잘라낸 라푼젤의 머리채를 창문 고리에 단단히 동여맸습니다. 이윽고 밤이 되자 왕자가 찾아왔습니다.

"라푼젤, 라푼젤! 머리채를 내려 다오."

왕자의 외침에 마녀가 머리채를 아래로 내렸습니다.

탑에 올라선 왕자는 사랑하는 라푼젤 대신 잔뜩 독이 오른 얼굴로 자신을 노려보는 마녀와 맞닥뜨렸습니다.

마녀가 경멸하듯 내뱉었습니다.

"오호! 왕자님께서 사랑하는 여자를 데리러 오셨구면. 그런데 그 아름다운 새가 둥지에 없으니 어쩌나. 더 이상 노래도 못 하게 됐어. 라푼젤은 이제 네 것이 아냐. 넌 두 번 다시 그 아일 볼 수 없다고!"

왕자는 너무 슬퍼 정신을 차릴 수가 없었습니다. 결국 절망감을 이기지 못한 왕자는 탑 아래로 몸을 날렸습니다. 다행히 목숨은 건졌지만, 나무 가시에 눈이 찔리는 바람에 장님이 되고 말았습니다. 왕자는 정처 없이 숲을 헤매고 다니며 나무뿌리와 열매로 연명하며 겨우 목숨을 이어갔습니다. 그리고 사랑하는 여인을 잃은 슬픔에 탄식과 눈물로 하루하루를 보냈습니다.

비참하게 떠돌아다니던 어느 날, 왕자는 마침내 라푼젤이 버려졌던 황무지에 이르렀습니다. 라푼젤은 그곳에서 아들딸 쌍둥이를 낳아 힘겹게 살아가고 있었습니다. 어디선가 귀에 익은 목소리가 들려오자, 왕자는 소리가 나는 쪽으로 이끌리듯 걸어갔습니다. 라푼젤은 한눈에 왕자를 알아보았습니다. 라푼젤은 왕자를 끌어안고 목 놓아 울었습니다.

그런데 왕자의 눈에 눈물 두 방울이 떨어지자 시야가 선명해지면서 다시 앞을 볼 수 있게 되었습니다. 왕자는 라푼젤을 자신의 궁전으로 데려갔습니다. 두 사람은 백성들의 열렬한 환대를 받았고, 곧 결혼식을 올렸습니다. 왕과 왕비가 된 두 사람은 오래도록 행복하게 살았습니다.

09

충신 요하네스

옛날 옛적에 늙은 왕이 살았는데, 지독한 병이 들고 말았습니다. 왕은 자신의 병이 나을 수 없다는 걸 알고는 신하들에게 명했습니다.

"충신 요하네스를 들게 하라."

요하네스는 왕이 가장 아끼는 신하로, 평생 충심을 다해 왕을 모셔서 '충신 요하네스'라는 이름을 얻었습니다. 충신 요하네스가 침대 가까이로 다가가자 왕이 말했습니다.

"이보게, 충신 요하네스. 내가 이제 갈 때가 되었나 보오. 그런데 딱 한 가지가 마음에 걸리는구려. 왕자가 아직 너무 어려서 제 앞가림을 못하니 말이오. 부디 그대가 왕자의 양아버지

노릇을 해주면 좋겠소. 왕자가 알아야 할 모든 걸 가르쳐 주겠다고 약속해 주오. 안 그러면 짐이 편히 눈을 감을 수 없을 것 같소."

그러자 충신 요하네스가 왕을 안심시키며 말했습니다.

"소인이 왕자님을 잘 돌봐 드리겠습니다. 제 목숨을 바쳐서라도 왕자님을 모실 것입니다."

"그래 준다니 이제야 편히 눈을 감겠구려."

왕이 다시 말을 이었습니다.

"내가 죽거든 왕자에게 이 성의 모든 걸 보여 주시오. 방이며 연회실이며 비밀창고며 그 안에 든 보물들도 모두. 하지만 긴 복도 끝에 있는 방은 절대 보여 주면 안 되오. 거기 있는 '황금 궁전의 공주' 초상화를 보기라도 하는 날엔 왕자는 공주에게 반해 정신을 잃고 말 것이오. 또한 그 공주로 인해 엄청난 위험을 겪게 될 테니 그리 되지 않도록 그대가 왕자를 보호해야만 하오."

충신 요하네스는 왕에게 다시 한 번 왕자를 잘 지키겠다고 맹세했습니다. 그러자 왕은 말없이 베개에 머리를 툭 떨어뜨리더니 이내 숨을 거두었습니다.

왕의 장례식이 끝난 뒤 충신 요하네스는 왕위에 오른 왕자에게 돌아가신 왕과 자신이 했던 약속을 들려주며 이렇게 말했습니다.

"소인은 그 약속을 꼭 지킬 것입니다. 목숨을 바쳐 부왕을 모셨던 마음으로 충성을 다하겠습니다."

애도 기간이 끝나자 충신 요하네스가 젊은 왕에게 말했습니다.

"이제 전하께서 상속받은 것들을 둘러보실 차례입니다. 전하의 조상들이 대대로 지켜 오신 성을 안내해 드리겠습니다."

요하네스는 성 구석구석으로 왕을 이끌었습니다. 계단을 오르락내리락하며 숱한 보물들과 멋진 방들을 보여 주었습니다. 하지만 한 방의 문만은 열지 않았습니다. 그 방엔 왕을 위험에 빠뜨릴 공주의 초상화가 있었고, 그것도 문을 여는 순간 정면으로 마주할 자리에 걸려 있었기 때문입니다. 게다가 그림이 얼마나 생생한지 마치 살아 있는 사람을 보는 듯했고, 이 세상에 그보다 더 아름답고 사랑스런 그림은 다시 없을 정도였습니다. 하지만 젊은 왕은 충신 요하네스가 문 하나를 그냥 지나치는 걸 재빨리 눈치채고는 물었습니다.

"이 문은 왜 열지 않는가?"

충신 요하네스가 말했습니다.

"전하께서 충격받을 만한 물건이 있어서입니다."

그러자 왕이 말했습니다.

"나는 성 안에 있는 모든 것을 보았느니라. 그러니 이 방에 있는 것도 보아야겠다."

왕이 다가가 억지로 문을 열려 하자, 충신 요하네스가 왕을 말렸습니다.

"소인은 선왕이 돌아가시기 전에 전하께 이 방에 든 것을 절대 보여 드리지 않겠다고 약속했사옵니다. 그 물건은 전하와 저에게 큰 시련을 안겨 줄지도 모릅니다."

하지만 젊은 왕은 큰 소리로 다그쳤습니다.

"아니, 그럴 리가 없소! 그대가 문을 열지 않는다면 나는 여기서 한 발짝도 움직이지 않을 것이오."

충신 요하네스는 어떻게 해도 왕의 고집을 꺾을 수 없다는 사실을 깨닫고는 큰 열쇠 다발에서 열쇠 하나를 골라냈습니다. 마음이 한없이 무거웠고, 문을 여는 동안에도 몇 번이나 한숨이 새어 나왔습니다.

요하네스는 자기가 먼저 방으로 들어가 왕이 초상화를 보지 못하게 몸으로 막아서야겠다고 생각했습니다.

하지만 문이 열리자 왕은 까치발을 하고 요하네스의 어깨 너머로 초상화를 보고 말았습니다. 황금과 보석으로 눈부시게 치장한 소녀의 아름다운 초상화를 본 순간, 왕은 정신을 잃고 바닥에 쓰러졌습니다. 충신 요하네스는 왕을 안아 침대에 눕힌 다음 시름에 잠겼습니다.

'결국 일이 터지고 말았구나. 아, 앞으로 무슨 일이 벌어지려나?'

충신 요하네스는 왕에게 포도주를 한 모금 먹였습니다. 이내 정신을 차린 왕은 이렇게 물었습니다.

"오, 그림 속에 있던 아름다운 소녀는 대체 누구요?"

"황금 궁전의 공주이옵니다."

"나는 공주의 초상화를 본 순간 사랑에 빠졌소. 이 세상 나뭇잎들이 전부 말라 버린다 해도 공주를 향한 내 사랑만큼은 마르지 않을 것이오. 공주를 얻기 위해서라면 난 목숨도 바칠 각오가 되어 있소. 그대는 내 가장 충성스런 신하이니 부디 나를 도와주시오."

충신 요하네스는 방법을 궁리했습니다. 공주를 만나는 것이 그리 만만한 일이 아니었기 때문입니다. 마침내 묘안을 생각해낸 요하네스가 왕에게 말했습니다.

"공주님 주변은 모든 것이 금으로 되어 있습니다. 탁자, 의자, 접시, 컵, 그릇 할 것 없이 모든 게 금입니다. 전하의 보물창고 속에는 오 톤의 금이 있습니다. 나라 안의 금 세공사들을 시켜 그중 일 톤의 금으로 공주를 기쁘게 할 만한 여러 가지 그릇과 가재도구들을 비롯해 갖가지 새와 야생동물, 신기한 동물들을 만들게 하십시오. 그리고 그 물건들을 싣고 가서 공주님과

만남을 시도해 보는 것이 좋겠습니다. 이 방법이 지금 할 수 있는 최선입니다."

왕은 나라 안에 있는 금 세공인들을 모두 성 안으로 불러들였습니다. 금 세공사들은 밤낮없이 일을 해서 세상에서 가장 뛰어난 세공품들을 만들어 냈습니다. 그것들을 모두 배에 실은 다음, 충신 요하네스와 왕은 사람들이 알아보지 못하게 상인으로 변장했습니다. 그리고 오랫동안 항해한 끝에 마침내 황금 궁전의 공주가 살고 있는 도시에 도착했습니다.

충신 요하네스는 왕에게 배에 남아 자신을 기다리라고 말했습니다.

"소인이 공주님을 모시고 올지도 모르니 단단히 준비를 해놓으십시오. 황금으로 만든 물건들을 보기 좋게 진열하고 배 전체를 잘 치장해 놓으라고 하셔야 합니다."

충신 요하네스는 보자기에 갖가지 세공품들을 싸들고 배에서 내렸습니다. 그러고는 곧바로 궁전으로 향했습니다. 요하네스가 궁전 마당에 도착해 보니 한 아름다운 아가씨가 샘가에 서 있는 게 눈에 띄었습니다. 아가씨는 두 손에 황금 물통을 하나씩 들고 물을 긷고 있었습니다. 반짝반짝 물이 출렁이는 물통을 들고 몸을 돌린 그녀는 낯선 사람을 발견하고는 누구냐고 물었습니다.

"저는 상인입니다."

충신 요하네스가 대답했습니다. 그러고는 보자기를 풀어 가지고 온 물건들을 보여 주었습니다.

"어머나, 정말 아름답군요!"

아가씨가 소리쳤습니다. 그녀는 물통을 내려놓고 물건을 하나하나 들여다보며 말했습니다.

"공주님이 이걸 보시면 좋아하실 텐데. 금으로 만든 물건을 워낙 좋아하시는 분이라 댁이 갖고 있는 물건을 모두 사실 거예요."

아가씨는 요하네스의 손을 잡고 궁전 안으로 데려갔습니다. 그녀는 다름 아닌 공주의 시녀였습니다. 공주는 화려한 장신구들을 보더니 무척 기뻐하며 말했습니다.

"정말 예쁘게도 만들었구나. 내가 그대의 물건 전부를 사겠노라."

그러자 요하네스가 말했습니다.

"전 부유한 상인의 하인에 불과합니다. 제가 여기 가져온 것들은 우리 주인님의 배에 실린 것에 비할 바가 못 됩니다. 저희 주인님께서는 세상에서 가장 정교

하고 귀한 세공품들을 엄청나게 많이 가지고 있답니다."

공주가 그 물건들을 모두 궁전으로 가져오라고 하자 요하네스가 대답했습니다.

"그렇게 많은 물건을 일일이 실어 오려면 몇 날 며칠이 걸릴지도 모릅니다. 게다가 공주님이 계신 궁전은 그리 크지 않습니다. 물건들을 모두 진열하기엔 공간이 턱없이 부족합니다."

물건들을 보고 싶은 마음이 더욱 커진 공주는 마침내 이렇게 말했습니다.

"그럼 나를 배로 데려다 주게. 내가 직접 가서 네 주인의 보물을 살펴볼 테니."

충신 요하네스는 몹시 기뻐하며 공주를 배로 안내했습니다. 공주를 직접 본 왕은 초상화 속 모습보다 실물이 훨씬 더 아름답다는 사실을 알고는 심장이 터질 것만 같았습니다. 공주가 배에 오르자 왕은 공주를 선실로 데려갔고, 충신 요하네스는 키잡이들과 함께 갑판에 남아 있다가 배를 띄우라고 명령했습니다.

"돛을 모두 올려라, 새처럼 빨리 날 수 있게!"

선실 안에서는 왕이 공주에게 물건들을 하나하나 보여 주고 있었습니다. 접시며 컵이며 대접이며 새들과 야생동물과 그 밖의 신기한 동물들까지. 물건들을 다 보는 데 몇 시간이 걸렸습니다. 공주는 기쁨에 취한 나머지 배가 출발한 것도 눈치채지 못했습니다.

드디어 마지막 물건까지 모두 살펴본 공주는 상인에게 고맙다고 인사하고는 궁전으로 돌아가려고 했습니다. 그런데 갑판으로 나와 보니 배가 육지를 뒤로한 채 돛을 활짝 펼치고 바다를 질주하고 있는 것이었습니다.

공주가 깜짝 놀라 소리쳤습니다.

"세상에, 속았잖아! 보잘것없는 상인의 손에 납치를 당하다니! 차라리 죽는 게 낫겠어!"

그러자 왕이 공주의 손을 잡고 말했습니다.

"사실 전 상인이 아닙니다. 한 나라를 다스리는 왕입니다. 결코 공주보다 천한 사람이 아닙니다. 공주를 너무도 사랑했기에 이렇게 속여서까지 꼭 데려오고 싶었던 것입니다. 공주의 아름다운 초상화를 처음 본 순간 정신을 잃고 쓰러지기까지 했답니다."

황금 궁전의 공주는 왕의 진심어린 말을 듣자 마음이 누그러졌고, 왕에게 마음이 점점 끌려 결국은 왕의 청혼을 받아들였습니다.

하지만 아직은 넓은 바다를 항해하는 중이었습니다. 충신 요하네스는 뱃머리에 앉아 음악을 연주하고 있다가 까마귀 세 마

리가 날아오는 것을 보았습니다. 까마귀들이 다가오자 요하
네스는 연주를 멈추고 까마귀들이 하는 말에 귀를 기울였습니
다. 한 까마귀가 소리쳤습니다.

"이런, 왕자가 황금 궁전의 공주를 데리고 가고 있잖아!"

두 번째 까마귀가 대꾸했습니다.

"그래. 하지만 아직 공주를 얻은 건 아니야."

세 번째 까마귀가 말했습니다.

"아냐, 맞아. 왕 옆에 저렇게 앉아 있는걸."

그러자 첫 번째 까마귀가 다시 말했습니다.

"그러면 뭘 하나? 육지에 도착하자마자 여우같이 붉은 털을
가진 말 한 마리가 왕에게 달려오면 왕은 그 말을 타려고 할 텐
데. 하지만 그 말에 올라타는 순간 말은 왕을 데리고 하늘로 올
라가 버리고 말 거야. 그러면 왕은 공주를 두 번 다시 못 보게
되는 거지."

두 번째 까마귀가 물었습니다.

"왕을 구할 방법이 없을까?"

첫 번째 까마귀가 대답했습니다.

"물론 있지. 다른 사람이 말 등에 재빨리 올라탄 뒤 안장에
달린 권총집에서 총을 빼내 말을 쏘아 죽이면 돼. 그러면 왕은
무사할 거야. 하지만 누가 그걸 알겠어? 설령 안다고 해도 그

방법을 왕에게 말한 사람은 발끝에서 무릎까지 돌로 변해 버리고 말걸."

대답을 들은 두 번째 까마귀가 말했습니다.

"문제는 또 있어. 그 말이 죽는다 해도 젊은 왕은 신부를 맞이하지 못해. 두 사람이 궁전에 도착하면 커다란 쟁반 위에 왕의 결혼식 예복이 놓인 걸 보게 될 거야. 겉보기엔 금실과 은실로 짠 것 같지만, 사실은 유황과 송진으로 만든 옷이지. 왕이 그 옷을 몸에 걸치는 순간 뼛속까지 다 타 버리고 말 거야."

"왕을 구할 무슨 방법이 없을까?"

세 번째 까마귀가 묻자 두 번째 까마귀가 대답했습니다.

"물론 있지. 누군가 다른 사람이 장갑 낀 손으로 그 옷을 불속에다 던져 태워 버리는 거야. 그러면 왕은 무사할 거야. 하지만 그러면 뭘 하나? 그걸 아는 사람이 왕에게 말하는 순간, 그 사람은 무릎에서 심장까지 돌로 변해 버리고 말걸."

그때 세 번째 까마귀가 말했습니다.

"거기서 끝나지 않아. 그 예복이 불타 버린다 해도 왕은 공주를 얻지 못할 거야. 결혼식을 마치면 무도회가 열리는데, 젊은 왕비는 춤을 추다 말고 갑자기 얼굴이 창백해지면서 죽은 듯 쓰러지고 말 거야. 그때 누군가 왕비를 일으켜 오른쪽 가슴에서 피 세 방울을 빨아낸 후 뱉어 내지 않으면 왕비는 죽고 말

아. 하지만 누가 이 방법을 안다 해도 그걸 말하는 순간 그 사람은 심장에서 머리끝까지 돌로 변해 버리고 말 거야."

까마귀들은 이야기를 마치자 멀리 날아가 버렸습니다. 충신 요하네스는 까마귀들의 대화를 모두 알아들었습니다. 그때부터 충신 요하네스는 입을 꾹 다문 채 슬픔에 잠겼습니다. 들은 얘기를 왕에게 하지 않으면 왕이 죽게 되고, 모든 걸 말하면 자기가 목숨을 잃을 판이었습니다. 마침내 요하네스가 혼자 중얼거렸습니다.

"설령 내가 죽는다 해도 왕을 지켜 드려야만 해."

배가 육지에 닿고 난 뒤부터 까마귀가 예언했던 일들이 차례로 일어나기 시작했습니다. 멋진 말 한 마리가 여우처럼 붉은 털을 날리며 사람들 앞으로 질주해 왔습니다. 말을 본 왕이 말했습니다.

"오호, 이게 무언가? 이 말을 타고 궁전으로 가면 되겠구나."

그런데 왕이 말에 올라타려는 순간, 충신 요하네스가 왕 앞으로 몸을 날리더니 재빨리 말 위에 올라앉았습니다. 그러고 나서 안장에 달린 권총집에서 총을 꺼내 말을 쏘아 죽였습니다. 충신 요하네스를 시기하던 다른 신하들이 소리쳤습니다.

"이런 고얀 일이 있나! 전하를 궁전으로 모시고 갈 이 아름다운 말을 어쩌자고 쏘아 죽인 게야?"

하지만 왕은 단호하게 말했습니다.

"입 다물고 요하네스가 하는 대로 가만 내버려 두시오! 그는 내 가장 충성스런 신하, 요하네스요. 이 일이 장차 득이 될지 누가 알겠소?"

드디어 왕과 일행이 궁전으로 들어섰습니다. 연회장 안에는 커다란 쟁반 하나가 놓여 있었습니다. 거기에는 신랑의 결혼 예복이 담겨 있었는데, 금실과 은실로 짠 것처럼 보였습니다. 젊은 왕이 다가가 옷을 집어 들려는 순간, 충신 요하네스가 왕을 밀치며 장갑 낀 손으로 옷을 집어 불 속에 던져 넣었습니다. 다른 신하들이 또 웅성대며 말했습니다.

"저것 봐! 이젠 전하의 예복까지 태우는군."

그러자 왕이 엄하게 다그쳤습니다.

"이 일이 장차 득이 될지 누가 알겠소? 그는 내 가장 충성스런 신하, 요하네스란 말이오."

결혼식이 끝나고 무도회가 시작되었고, 신부도 춤을 추었습니다. 충신 요하네스는 신경을 바짝 곤두세우고 신부에게서 한시도 눈을 떼지 않았습니다.

그런데 갑자기 왕비의 얼굴이 파리해지더니 죽은 것처럼 바닥에 쓰러져 버렸습니다. 요하네스는 얼른 달려가 왕비를 안고 방으로 옮긴 다음 침대에 눕혔습니다. 그리고 무릎을 꿇고 앉아 왕비의 오른쪽 가슴에서 피 세 방울을 빨아내 다른 곳에다 뱉었습니다. 그러자 이내 다시 숨을 쉬기 시작한 왕비가 정신을 되찾았습니다. 이 광경을 모두 지켜본 왕은 처음엔 요하네스의 행동에 어찌할 바를 모르고 있다가 마침내 화를 내며 소리쳤습니다.

"저놈을 감옥에 가둬라!"

다음 날 아침, 충신 요하네스는 사형 선고를 받고 교수대로 끌려갔습니다. 교수대에 서서 처형을 당하기 직전 요하네스가 말했습니다.

"사형수들은 처형당하기 전에 마지막으로 한마디 할 수 있는 기회가 있습니다. 소신도 그리 할 수 있을까요?"

왕이 대답했습니다.

"좋다. 그대에게도 기회를 주겠노라."

그러자 충신 요하네스가 말했습니다.

"소신은 억울하옵니다. 지금껏 전하를 충심으로 섬겨 왔기 때문입니다."

요하네스는 바다에서 까마귀들의 대화를 엿들은 일이며 자신이 왕의 목숨을 구하기 위해 그 모든 일을 할 수밖에 없었다는 사실을 털어놓았습니다. 그러자 왕이 소리쳤습니다.

"오, 충신 중의 충신 요하네스, 부디 나를 용서하오! 여봐라,

당장 요하네스를 풀어 주거라!"

그러나 요하네스는 마지막 말을 마침과 동시에 바닥으로 고꾸라지더니 돌로 변해 버렸습니다. 이 모습을 본 왕과 왕비는 마음이 찢어질 듯 아팠습니다.

"오, 요하네스의 충심을 몰라보다니. 어찌 이다지도 어리석단 말인가!"

왕은 석상이 된 요하네스를 침실로 옮긴 다음 침대 곁에 두었습니다. 그리고 석상을 볼 때마다 눈물을 흘리며 이렇게 말하곤 했습니다.

"오, 충성스런 나의 신하 요하네스, 그대를 다시 살릴 수만 있다면!"

어느덧 세월이 흘러 왕비는 쌍둥이 왕자를 낳았고, 아들들이 자라나는 모습을 보는 것이 왕비에겐 크나큰 기쁨이 되었습니다.

어느 날 왕비는 교회에 가고 아이들은 아버지 곁에 앉아 놀고 있었습니다. 왕이 석상을 바라보며 한숨을 쉬었습니다.

"오, 충성스런 나의 신하 요하네스, 그대를 다시 살릴 수만 있다면!"

그러자 석상이 입을 열더니 이렇게 말했습니다.

"전하가 가장 사랑하는 것을 제물로 바치시면 소인은 살아날 수 있습니다."

왕이 대답했습니다.

"그대를 위해서라면 내가 가진 모든 걸 다 바칠 것이오."

석상이 다시 말했습니다.

"전하의 손으로 두 왕자의 목을 베어 그 피를 제 몸에 문질러 주십시오. 그러면 저는 다시 생명을 얻게 됩니다."

제 손으로 사랑하는 아이들을 죽여야 한다는 소리를 듣자 왕은 공포에 휩싸였습니다. 하지만 충신 요하네스의 무한한 충성심과 함께 그가 자신을 위해 목숨을 바쳤다는 사실이 떠올랐습니다. 그래서 왕은 칼을 뽑아 들었고 자신의 손으로 아이들의 목을 차례로 베었습니다. 그리고 아이들의 피를 석상에 문질렀습니다. 그러자 충신 요하네스가 다시 예전처럼 생생하고 건강한 모습으로 되살아나 왕 앞에 섰습니다.

"전하의 지극한 정성은 헛되지 않을 것입니다."

요하네스는 말을 마치더니 왕자들의 머리를 제자리에 올려 놓고 상처 부위에 왕자들의 피를 발랐습니다.

그러자 순식간에 상처가 아물면서 왕자들은 언제 그랬나 싶게 방 안을 이리저리 뛰어다니며 노는 것이었습니다. 왕은 이루 말할 수 없이 기뻤습니다.

때마침 왕비가 교회에서 돌아오자 왕은 충신 요하네스와 아이들을 커다란 벽장 속에 숨겼습니다. 그러고는 방으로 들어선 왕비에게 이렇게 물었습니다.

"교회에서 기도를 했소?"

"예! 하지만 우리 때문에 불행하게 간 충신 요하네스만 생각났답니다."

"사랑하는 왕비, 요하네스를 살릴 방도가 있소. 대신 우리 아이들의 목숨을 바쳐야만 하오."

순간 왕비의 얼굴은 금방이라도 쓰러질 것처럼 창백하게 변했습니다. 하지만 왕비는 이렇게 말했습니다.

"요하네스의 충심을 생각한다면 마땅히 그래야지요."

왕은 왕비도 자신과 같은 생각이라는 걸 알게 되자 무척 기뻤습니다. 왕이 벽장으로 가서 문을 열어젖히자 아이들과 충신 요하네스가 나왔습니다.

왕이 말했습니다.

"하늘이 도우셨구려! 충신 요하네스도 되살아나고, 아이들도 우리 품으로 다시 돌아왔으니 말이오."

왕은 왕비에게 그동안 있었던 일을 이야기해 주었습니다. 그리고 모두 함께 오래오래 행복하게 살았습니다.

10

신데렐라

한 부자의 아내가 병이 들었습니다. 자신의 생명이 다했다는 걸 느낀 아내는 외동딸을 불러 놓고 말했습니다.

"사랑하는 딸아, 하느님의 가르침을 따라 착하게 살아라. 그러면 하느님이 항상 널 지켜 주실 거야. 엄마도 하늘에서 널 보살피마."

그러고는 조용히 눈을 감았습니다.

어머니가 세상을 뜬 뒤 소녀는 매일같이 어머니의 무덤을 찾아가 슬피 울었습니다.

세월이 흘러 소녀는 착하고 신앙심이 두터운 아이로 자랐습니다. 겨울이 오자 눈이 하얀 담요처럼 무덤을 덮었습니다. 태양이 눈을 다시 걷어 가는 봄이 오자, 소녀의 아버지는 딸이 둘 있는 여자와 재혼을 했습니다. 여자의 딸들은 곱고 아리따웠으나 마음씨는 심술궂고 고약했습니다. 가여운 소녀의 앞날엔 먹구름이 잔뜩 드리워졌습니다.

새어머니의 두 딸은 말했습니다.

"왜 우리가 저런 멍청한 계집애랑 거실에 같이 앉아 있어야 하지? 밥을 먹으려면 일을 해야지. 당장 꺼져, 이 부엌데기야!"

두 딸은 소녀의 아름다운 옷을 벗기고 허름한 잿빛 작업복을 입히고는 딱딱한 나무 신발을 던져 주었습니다.

"도도한 공주님 좀 보라지. 아주 멋지게 차려입었네!"

두 딸은 자지러질 듯 웃어 대며 소녀를 부엌으로 내쫓았습니다.

소녀는 아침부터 밤까지 쉬지 않고 일을 해야 했습니다. 동이 트기 전에 일어나 물을 긷고, 불을 지피고, 음식을 만들고, 빨래를 해야 했습니다. 언니들은 갖은 머리를 써가며 소녀를 괴롭히고 놀렸습니다. 아궁이 속에 작은 콩을 잔뜩 쏟아부어 소녀가 일일이 가려내게 하는가 하면, 일에 지친 소녀가 밤에 누워 잘 침대도 빼앗아 버려 아궁이 옆 잿더미에서 자게 만들었습니다. 소녀가 늘 먼지투성이에 더러운 꼴이 된 것도, 식구들에게 '재투성이 아이'라는 뜻의 신데렐라로 불리게 된 것도

다 그래서였습니다.

그러던 어느 날, 아버지가 장에 가면서 의붓딸들에게 무엇을 사다 줄까 물었습니다.

첫째가 말했습니다.

"멋진 드레스요."

둘째가 말했습니다.

"진주랑 보석이요."

아버지가 물었습니다.

"그럼 신데렐라는? 넌 뭐가 갖고 싶으냐?"

"집에 돌아오실 때 아버지 모자를 처음 스치는 나뭇가지를 꺾어다 주시면 돼요."

장에 간 아버지는 두 의붓딸에게 줄 멋진 드레스랑 진주와 보석을 샀습니다. 그리고 돌아오는 길에 숲을 지나다 개암나무 가지가 모자에 걸려 떨어지자 그 나뭇가지를 꺾어 들고 왔습니다. 집으로 돌아온 아버지는 의붓딸들에게 장에서 사온 선물을 주고, 신데렐라에게는 개암나무 가지를 건넸습니다.

신데렐라는 아버지에게 고맙다는 인사를 하고는 어머니의 무덤가로 가서 나뭇가지를 심은 뒤 목 놓아 울었습니다. 눈물은 아래로 떨어져 나뭇가지를 흠뻑 적셨습니다. 그러자 가지에서 잎이 돋아나더니 금세 아름다운 나무로 자라났습니다.

신데렐라는 매일 세 번 어머니의 무덤을 찾아가 나무 밑에 앉아 울며 기도를 했습니다. 그럴 때마다 작고 하얀 새 한 마리가 어김없이 나무로 날아와 신데렐라에게 필요한 것을 갖다 주곤 했습니다.

한편 이 나라의 왕은 왕자가 신붓감을 고를 수 있도록 나라 안에 있는 아름다운 처녀들을 모두 초대해 사흘간 무도회를 열기로 했습니다. 신데렐라의 두 언니는 자기들도 초대되었다는 소식을 듣고는 신이 나 신데렐라를 불렀습니다.

"얼른 우리 머리 좀 빗겨 주고, 구두도 닦고, 허리끈도 꽉 졸라매 줘! 궁전에서 여는 무도회에 가야 한단 말이야."

신데렐라는 시키는 대로 하긴 했지만 표정은 시무룩했습니다. 언니들과 함께 무도회에 가고 싶었던 것입니다. 그래서 자기도 보내 달라고 새어머니에게 부탁했습니다. 그러자 새어머니가 코웃음을 치며 말했습니다.

"신데렐라, 먼지투성이에 꼬질꼬질한 몰골로 무도회에 가겠다고? 옷도 신발도 없으면서 어떻게 춤을 추겠다는 거야?"

하지만 신데렐라가 계속 매달리자 마침내 새어머니가 말했습니다.

"내가 저 잿더미 속에 콩을 한 그릇 쏟아 버렸는데, 그 콩을 두 시간 안에 죄다 골라내면 그때 보내 주마."

그러자 신데렐라가 정원으로 통하는 뒷문을 열고 나가더니 이렇게 소리쳤습니다.

"집비둘기들아, 산비둘기들아, 하늘 아래 있는 모든 새들아, 이리 와서 날 도와주렴. 좋은 콩은 단지에 담고 나쁜 콩은 너희들이 먹으렴."

하얀 비둘기 두 마리가 부엌 창가로 날아왔고, 뒤이어 산비둘기들이 날아들었습니다. 그리고 하늘 아래에 있는 모든 새들이 떼 지어 날아오더니 잿더미 위에 앉았습니다. 비둘기들이 머리를 까딱까딱하며 콕콕콕 쪼기 시작하자, 다른 새들도 콩을 찾아내 좋은 것은 단지에 집어넣었습니다. 콩을 다 골라내는 데는 한 시간도 채 걸리지 않았습니다. 일을 마친 새들은 다시 멀리 날아갔습니다. 신데렐라는 이제 무도회에 갈 수 있다는 생각에 행복해하며 새어머니에게 단지를 들고 갔습니다. 하지만 새어머니는 말했습니다.

"안 돼, 신데렐라. 넌 입을 옷도 없고 춤도 출 줄 모르잖아. 다들 널 비웃기만 할 거야."

신데렐라가 울기 시작하자 새어머니가 다시 말했습니다.

"잿더미 속에 쏟아 놓은 콩 두 그릇을 한 시간 안에 골라내면 널 데리고 가마."

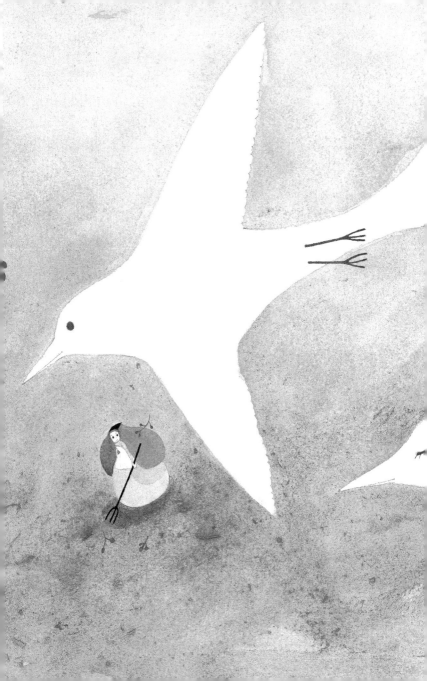

하지만 속으로는 이렇게 생각했습니다.

'어림도 없는 일이지.'

새어머니가 잿더미 속에 콩 두 그릇을 갖다 붓자, 신데렐라는 다시 뒷문을 열고 정원으로 나가 소리쳤습니다.

"집비둘기들아, 산비둘기들아, 하늘 아래 있는 모든 새들아, 이리 와서 날 도와주렴. 좋은 콩은 단지에 담고 나쁜 콩은 너희들이 먹으렴."

하얀 비둘기 두 마리가 부엌 창가로 날아왔고, 뒤이어 산비둘기들이 날아들었습니다. 그리고 하늘 아래에 있는 모든 새들이 떼 지어 날아오더니 잿더미 위에 앉았습니다. 비둘기들이 콩을 다 골라내는 데는 한 시간도 채 걸리지 않았습니다. 일을 마친 새들은 다시 멀리로 날아갔습니다. 신데렐라는 이제 무도회에 갈 수 있다는 생각에 행복해하며 새어머니에게 단지를 들고 갔습니다. 하지만 새어머니는 말했습니다.

"그래도 소용없다. 입을 옷도 없고 춤도 출 줄 모르는데 널 어떻게 데려가니? 너 때문에 우리만 창피당하지."

새어머니는 신데렐라에게 차갑게 등을 돌리더니 거만한 두 딸과 함께 서둘러 집을 나섰습니다. 새어머니와 언니들이 모두 떠나 버리자 신데렐라는 개암나무 그늘이 드리운 어머니 무덤으로 달려가 소리쳤습니다.

"작은 나무야, 춤을 추어라! 금은보화를 떨어뜨려 다오."

그러자 새 한 마리가 날아와 금실과 은실로 지은 드레스와 비단 신을 떨어뜨렸습니다. 신데렐라는 서둘러 옷을 갈아입고 무도회장으로 갔습니다. 금빛 드레스를 차려입은 신데렐라는 눈부시게 아름다웠습니다. 언니와 새어머니조차도 신데렐라를 알아보지 못하고 다른 나라에서 온 공주로 여길 정도였습니다.

이윽고 왕자가 신데렐라에게 다가와 손을 내밀자 두 사람은 함께 춤을 추었습니다. 왕자는 다른 처녀들에게는 눈길도 주지 않은 채 신데렐라하고만 춤을 추었습니다. 누군가 신데렐라에게 다가와 춤을 청할 때마다 왕자는 이렇게 대꾸했습니다.

"이분은 내 짝이오."

신데렐라는 밤늦게까지 왕자와 춤을 추었습니다. 이윽고 신데렐라가 집으로 돌아가려 하자 왕자가 말했습니다.

"내가 집까지 바래다주겠소."

왕자는 이 아름다운 아가씨가 어느 집 딸인지 알고 싶었습니다. 하지만 집에 도착한 신데렐라는 왕자를 피해 비둘기장 안으로 달아났습니다. 왕자는 아가씨의 아버지가 올 때까지 기다렸다가 자신과 무도회에서 춤을 춘 여인이 비둘기장 안으로 도망갔다고 말했습니다.

'설마 신데렐라는 아니겠지?'

아버지는 속으로 생각했습니다. 왕자에게 도끼와 곡괭이를 갖다 주자 왕자가 비둘기장을 부수었습니다. 하지만 안은 텅 비어 있었습니다.

비둘기장 뒤편으로 재빨리 빠져나간 신데렐라는 개암나무가 있는 데까지 뛰었습니다. 그리고 옷을 벗어 무덤 위에 올려놓자 새가 나타나 그것들을 물고 날아갔습니다. 신데렐라는 부리나케 부엌으로 돌아와 잿빛 작업복으로 갈아입고 잿더미 위에 누워 시치미를 뗐습니다.

다음 날, 다시 무도회가 시작되자 신데렐라의 가족들은 모두 집을 나섰습니다. 신데렐라는 개암나무를 찾아가 소리쳤습니다.

"작은 나무야, 춤을 추어라! 금은보화를 떨어뜨려 다오."

그러자 새가 어제보다 더 화려한 드레스를 내려 주었습니다. 신데렐라가 드레스를 입고 무도회장에 나타나자 사람들은 신데렐라의 아름다움에 저마다 탄성을 질렀습니다. 신데렐라를 기다리고 있던 왕자는 얼른 다가와 손을 잡고 오래도록 춤을 추었습니다. 누군가 신데렐라에게 춤을 청할라치면 왕자는 이렇게 대꾸했습니다.

"이분은 내 짝이오."

밤이 되어 신데렐라가 돌아가려 하자 왕자는 신데렐라가 어느 집으로 들어가는지 보려고 따라갔습니다. 하지만 이번에도 신데렐라는 왕자를 따돌리고 집 뒤편 정원으로 사라져 버렸습니다. 신데렐라는 탐스러운 배가 주렁주렁 열린 키 크고 아름다운 나무 쪽으로 가서는 다람쥐처럼 날쌔게 가지 위로 올라갔습니다. 왕자는 신데렐라가 어디로 갔는지 몰라 신데렐라의 아버지가 올 때까지 기다렸습니다. 왕자가 아버지에게 말했습니다.

"이름 모를 여인이 여기서 또 사라졌는데, 아무래도 배나무에 올라간 것 같소."

'설마 신데렐라는 아니겠지?'

신데렐라의 아버지는 속으로 생각했습니다. 그리고 왕자에게 도끼를 갖다 주며 나무를 베라고 했습니다. 하지만 나무 위엔 아무도 없었습니다. 두 사람이 부엌으로 들어가 보니 신데렐라는 평소처럼 잿더미 속에 누워 있었습니다. 나무 반대편으로 뛰어내린 다음 드레스를 새에게 돌려주고 옷을 갈아입었던 것입니다.

사흘째 되는 날, 신데렐라의 부모와 언니들이 집을 나가자 신데렐라는 또다시 어머니의 무덤으로 가 나무를 향해 크게 외쳤습니다.

"작은 나무야, 춤을 추어라! 금은보화를 떨어뜨려 다오."

그러자 새는 이제까지 받았던 것보다 더 화려하고 빛나는 드레스와 순금으로 만든 신을 내려 주었습니다. 무도회장에 나타난 신데렐라의 모습을 본 사람들은 아름다운 모습에 감탄한 나머지 아무 말도 하지 못했습니다. 왕자는 오로지 신데렐라하고만 춤을 추었고, 다른 사람이 신데렐라에게 춤을 청하면 이렇게 대꾸했습니다.

　"이분은 내 짝이오."

　밤이 되어 집으로 돌아가려는 신데렐라를 왕자는 바래다주려고 했습니다. 하지만 신데렐라가 왕자의 눈을 피해 급하게 가버리는 바람에 그만 놓치고 말았습니다. 하지만 이번엔 왕자가 미리 손을 써두었습니다. 계단마다 송진을 칠해 놓았던 것입니다. 그래서 계단을 뛰어 내려가던 신데렐라의 왼쪽 신발이 바닥에 달라붙고 말았습니다. 마음이 급한 신데렐라는 신발을 벗어 두고 황급히 도망쳤습니다. 뒤따라온 왕자는 신데렐라의 순금으로 만든 작고 우아한 신발을 발견했습니다.

　다음 날, 왕자는 신발을 들고 신데렐라의 아버지를 찾아가 말했습니다.

　"이 황금 신에 꼭 맞는 발을 가진 아가씨만이 내 아내가 될 수 있소."

　이 말을 들은 두 언니는 뛸 듯이 기뻤습니다. 둘 다 발이 아

담하고 무척 아름다웠기 때문입니다. 먼저 첫째 언니가 신을 신어 보려고 방으로 들어갔습니다. 새어머니는 옆에 서서 그 모습을 지켜보았습니다. 그런데 신이 너무 작아 엄지발가락이 들어가지 않았습니다. 그러자 새어머니는 첫째 언니에게 칼을 주며 말했습니다.

"엄지발가락을 잘라라. 어차피 왕비가 되면 네 발로 직접 걸어 다닐 필요도 없을 테니까."

엄지발가락을 잘라 버린 첫째 언니는 고통을 참으며 억지로 신을 신고 왕자 앞으로 갔습니다. 왕자는 신부를 말에 태우고 궁궐로 떠났습니다. 그런데 두 사람이 무덤가를 지날 때 개암나무에 앉아 있던 비둘기 두 마리가 소리쳤습니다.

"처녀가 신고 있는 신발을 보세요. 온통 피투성이잖아요. 신발이 너무 작잖아요. 그 처녀는 무도회에서 만난 아가씨가 아니랍니다."

왕자가 첫째 언니의 발을 내려다보니 피가 빨갛게 배어 나와 있었습니다. 왕자는 말 머리를 돌려 가짜 신부를 다시 집으로 데려갔습니다. 그러고는 이 처녀는 자기가 찾는 여인이 아니니 다른 딸에게 신을 신겨 보라고 말했습니다.

그래서 이번엔 둘째 언니가 방으로 들어가 신을 신어 보았습니다. 다행히 발가락은 모두 신 속에 들어갔습니다. 하지만 발꿈치가 너무 컸습니다. 그러자 새어머니가 칼을 주며 말했습니다.

"발꿈치를 조금 잘라라. 어차피 왕비가 되면 네 발로 직접 걸어 다닐 필요도 없을 테니까."

발꿈치를 조금 잘라낸 둘째 언니는 고통을 참으며 억지로 신을 신고 왕자 앞으로 갔습니다. 왕자는 신부를 말에 태우고 궁궐로 떠났습니다. 두 사람이 개암나무를 지나가는데, 나무 위에 앉은 비둘기 두 마리가 외쳤습니다.

"처녀가 신고 있는 신발을 보세요. 온통 피투성이잖아요. 신발이 너무 작잖아요. 그 처녀는 무도회에서 만난 아가씨가 아니랍니다."

왕자가 둘째 언니의 발을 내려다보니 신에서 피가 배어 나와 하얀 양말이 온통 빨갛게 물들어 있었습니다. 왕자는 말 머리를 돌려 가짜 신부를 다시 집으로 데려갔습니다.

"이 처녀도 내가 만난 여인이 아니오. 다른 딸은 없소?"

그러자 아버지가 대답했습니다.

"없습니다. 신데렐라라고 전처의 딸이 하나 있긴 한데, 워낙 볼품이 없어서 왕자님의 신붓감으론 어림도 없습니다요."

왕자가 그 처녀를 데려오라고 명령했습니다. 그러자 새어머니가 끼어들었습니다.

"너무 더러워서 눈 뜨고 볼 수 없을 정도의 아이랍니다."

하지만 왕자가 그래도 보고 싶어 하자 아버지는 신데렐라를 불러왔습니다. 신데렐라는 먼저 얼굴과 손을 깨끗이 씻은 뒤 왕자 앞으로 나가 살짝 무릎을 굽혀 인사를 하고는 황금 신을 건네받았습니다. 그리고 의자에 앉아 무거운 나무 신을 벗고 황금 신 안으로 발을 집어넣었습니다. 신발은 발에 맞추기라도 한 듯 꼭 맞았습니다.

신데렐라가 자리에서 일어나자 왕자가 다가와 신데렐라의 얼굴을 똑바로 쳐다보았습니다. 바로 자신과 춤을 추었던 그 아름다운 아가씨였습니다. 왕자가 소리쳤습니다.

"이 아가씨가 바로 내가 찾던 신부라오!"

새어머니와 두 언니는 너무 놀라 얼굴이 새파래졌습니다. 왕자는 신데렐라를 말에 태우고 궁궐로 떠났습니다. 두 사람이 개암나무 옆을 지나가자 하얀 비둘기 두 마리가 소리쳤습니다.

"보세요, 처녀가 신고 있는 신발을 보세요. 꼭 맞잖아요. 피도 한 방울 안 나잖아요. 그 처녀가 바로 왕자님이 무도회에서 만난 아가씨랍니다."

비둘기들은 그렇게 말하고는 신데렐라의 양 어깨 위에 한 마리씩 내려앉았습니다.

결혼식이 있던 날, 두 언니는 아첨을 해서 재산이라도 좀 얻어볼 속셈으로 신데렐라를 찾아갔습니다. 신랑과 신부가 교회를 향해 출발할 때 첫째 언니는 신데렐라의 오른편에, 둘째 언니는 왼편에 서 있었습니다. 그런데 갑자기 비둘기 두 마리가 달려들어 언니들의 눈알을 하나씩 쪼았습니다. 교회에서 돌아올 때는 첫째 언니가 신데렐라의 왼편에, 둘째 언니가 오른편에 서 있었는데, 비둘기들이 또 달려들어서는 남은 눈까지 쪼아 버렸습니다. 두 언니는 고약하고 못된 짓을 한 벌로 평생 장님으로 살아야 했습니다.

11

홀레 할머니

딸 둘을 둔 과부가 살았습니다. 하나는 아름답고 부지런했지만 다른 하나는 못생긴 데다 게으릅니다. 하지만 과부는 못생기고 게으른 딸을 친딸이라는 이유로 더 사랑했습니다. 의붓딸은 온갖 집안일을 다 해야 했습니다. 그 불쌍한 소녀는 매일 샘가에 앉아 손가락에 피가 나도록 물레질을 하고 또 했습니다.

그러던 어느 날, 물렛가락이 피로 흠뻑 젖자 소녀는 물렛가락을 헹구려고 샘으로 몸을 기울였습니다. 그런데 물렛가락이 손에서 미끄러져 물속으로 풍덩 빠지고 말았습니다. 소녀는 울음을 터뜨리며 새어머니에게 달려가 사실대로 말했습니다.

그러자 못된 새어머니는 소녀를 호되게 야단치며 말했습니다.

"물렛가락을 빠뜨린 건 너니까 당장 가서 건져 오너라."

소녀는 샘으로 돌아오긴 했지만 무엇부터 해야 할지 막막하기만 했습니다. 어쩔 줄 몰라 허둥대던 소녀는 물렛가락을 건져 내기 위해 샘으로 뛰어들었고 이내 정신을 잃고 말았습니다.

얼마 후 눈을 떠보니 햇살이 환하게 쏟아지고 온갖 꽃이 만발한 아름다운 들판에 누워 있었습니다. 들판을 걷다 보니 빵이 가득 들어 있는 화덕이 눈앞에 나타났습니다. 빵들이 마구 소리를 질러 댔습니다.

"우릴 꺼내 주세요. 우릴 꺼내 주지 않으면 새까맣게 타버릴 거예요. 우린 익을 만큼 익었다고요!"

소녀는 화덕으로 다가가 긴 나무 주걱으로 빵을 한 덩어리 한 덩어리 모두 끄집어냈습니다. 그러고는 다시 걷는데 이번에는 사과가 주렁주렁 열린 나무 한 그루가 나타났습니다. 나무가 외쳤습니다.

"날 흔들어 줘요! 날 흔들어 줘요! 사과가 모두 익어서 가지가 너무 무거워요."

소녀가 나무를 잡고 흔들자 사과가 비 오듯 후두두 떨어졌습니다. 소녀는 나무를 계속 흔들어 사과를 모두 떨어뜨려 주었습니다. 그리고 떨어진 사과를 모아 한 무더기로 쌓아 놓은 뒤 다시 길을 떠났습니다.

이윽고 소녀는 작은 오두막집에 이르렀습니다. 할머니 한 분이 창밖을 내다보고 있었습니다. 가까이 다가가서 보니 할머니의 치아가 대문짝만 하게 컸습니다. 소녀는 덜컥 겁이 나 달아나려 했습니다. 그러자 할머니가 소녀의 등에 대고 외쳤습니다.

"얘야, 무서워할 것 없다. 나랑 여기서 살자꾸나. 집안일을 잘해 주면 너한테 좋은 일이 생길 게야. 깃털이 폴폴 날릴 정도로 내 이불을 탈탈 털어서 잘 정리해 주기만 하면 돼. 그러면 깃털들이 눈이 되어 내릴 거야. 난 홀레 할머니(독일 헤센 지방에서는 눈이 올 때마다 '홀레 할머니가 이불을 털고 있다'는 옛날이야기가 전해짐)거든."

할머니의 다정한 말에 용기가 난 소녀는 그러겠다고 대답했습니다. 소녀는 할머니 마음에 쏙 들도록 집안일을 아주 잘해냈습니다. 특히 깃털이 눈송이처럼 휘날릴 정도로 이불을 열심히 털었습니다. 그러자 할머니도 소녀를 따뜻이 대해 주었습니다. 할머니는 소녀에게 매일같이 고기 요리를 해주었습니다.

하지만 홀레 할머니와 지낸 시간이 길어질수록 소녀의 마음은 슬퍼졌습니다. 처음엔 소녀도 그 이유를 몰랐습니다. 그러다 마침내 집이 그리워서라는 사실을 깨달았습니다. 홀레 할

머니와 함께 지내는 생활이 집에서 구박받으며 사는 것보다야 몇천 배 낫기는 했지만, 그래도 소녀는 집이 그리웠습니다. 그래서 마침내 할머니에게 말을 꺼냈습니다.

"집에 가고 싶어 죽겠어요, 할머니. 여기 생활이 아무리 좋아도 식구들 곁으로 돌아가고 싶어요."

그러자 홀레 할머니가 말했습니다.

"집으로 돌아가고 싶다니 기특하구나. 그동안 날 위해 성실히 일해 주었으니 이제 다시 집으로 보내 주마."

할머니는 소녀의 손을 잡고 대문으로 데려갔습니다. 문이 열리고 소녀가 대문 아래에 서는 순간, 머리 위로 엄청나게 많은 금이 와르르 쏟아져 내렸습니다. 떨어진 금들은 모두 소녀에게 달라붙었고, 소녀의 몸은 온통 금으로 뒤덮여 버렸습니다.

"부지런히 일한 대가이니 받도록 해라."

홀레 할머니는 이렇게 말하며 샘에 빠뜨렸던 물렛가락도 소녀에게 돌려주었습니다. 순간 갑자기 대문이 닫히더니 어느새 소녀는 땅으로 내려와 있었습니다. 멀지 않은 곳에 집이 보였습니다. 소녀가 집

마당으로 들어서자, 우물 위에 앉아 있던 수탉이 목청을 높여 울었습니다.

"꼬끼요오오! 황금 옷을 입은 아가씨가 납셨도다."

소녀는 안으로 들어가 새어머니를 만났습니다. 온몸에 금붙이를 붙인 소녀의 모습을 본 새어머니와 언니는 소녀를 반갑게 맞이했습니다. 소녀는 모녀에게 그간의 일들을 모두 털어놓았습니다.

많은 금을 얻게 된 사연을 알게 되자, 새어머니는 못생기고 게으른 자기 친딸도 그런 행운을 누리게 하고 싶었습니다. 그래서 새어머니의 친딸은 샘가에 앉아 물레를 돌렸고, 일부러 가시덤불 속에 손가락을 집어넣어 물렛가락을 피범벅으로 만들었습니다. 그런 다음 물렛가락을 물속에 던져 넣은 뒤 자기도 따라 뛰어들었습니다.

동생과 마찬가지로 언니는 아름다운 들판에서 깨어났고 같은 길을 따라 걸었습니다. 이윽고 화덕 앞에 이르자 빵들이 다시 아우성을 쳤습니다.

"우릴 꺼내 주세요. 우릴 꺼내 주지 않으면 새까맣게 타버릴 거예요. 우린 익을 만큼 익었다고요!"

그러자 게으른 소녀가 쏘아붙였습니다.

"내가 미쳤니? 내 손을 더럽히게!"

계속 걸어가니 곧 사과나무가 나타났습니다. 나무가 소리쳤습니다.

"날 흔들어 줘요! 날 흔들어 줘요! 사과가 모두 익었답니다."

하지만 게으른 소녀는 딱 잘라 말했습니다.

"장난하니? 그러다 사과가 내 머리에 떨어져 버리면 어떡하라고?"

다시 걸음을 재촉하던 언니 앞에 드디어 홀레 할머니의 오두막이 나타났습니다. 할머니의 치아가 대문짝만 하다는 이야기는 이미 들은 터라 겁은 나지 않았습니다. 언니는 바로 할머니에게 청해서 그날부터 집안일을 맡았습니다.

첫날엔 머릿속에 금 생각이 떠나지 않아서인지 할머니가 시킨 일을 나름대로 열심히 하려고 애썼습니다. 하지만 소녀의 언니는 둘째 날이 되자 빈둥거리기 시작했습니다. 셋째 날에 가서는 보란 듯이 게으름을 피웠습니다. 날이 밝아도 일어날 생각을 안 했고, 홀레 할머니의 이부자리도 깃털이 날릴 만큼 열심히 털지 않았습니다.

화가 난 홀레 할머니는 언니를 집에서 내보내기로 했습니다. 게으른 언니는 내심 기뻐하며 금소나기를 맞을 순간만 기대했습니다.

홀레 할머니가 언니를 데리고 대문으로 갔습니다. 하지만 언니가 대문 밑에 서자 금 대신 시커먼 기름이 한가득 쏟아져 내렸습니다.

"이게 네가 일한 대가란다."

홀레 할머니는 그렇게 말하고는 대문을 닫아 버렸습니다. 게으른 소녀는 기름투성이가 되어 집으로 돌아왔습니다. 마침 우물 위에 앉아 있던 수탉이 소녀를 보고 소리쳤습니다.

"꼬끼요오오! 기름투성이 아가씨가 납셨도다."

게으른 언니는 평생 그 시커먼 기름을 뒤집어쓰고 살았습니다.

12

행운아 한스

주인 밑에서 칠 년째 일을 해온 한스가 말했습니다.

"주인님, 이제 일을 그만두겠습니다. 집에 가서 어머니를 뵙고 싶어요. 그러니 그동안 일한 품삯을 주십시오."

그러자 주인이 말했습니다.

"성실하고 정직하게 일한 대가로 값진 물건을 주도록 하마."

주인은 한스에게 머리통만 한 금덩이를 주었습니다. 한스는 주머니에서 보자기를 꺼내 금덩이를 싼 후 어깨에 둘러메고 집으로 떠났습니다. 구불구불한 길을 터벅터벅 걷고 있을 때 한 남자가 튼튼한 말을 타고 달려왔습니다. 남자는 아주 유쾌하고 활기차 보였습니다.

한스가 큰 소리로 감탄하며 말했습니다.

"이야, 말을 타는 건 정말 멋진 일이구나! 그냥 의자에 앉는 것처럼 말 등에 올라타기만 하면 돌부리에 걸려 넘어질까, 신발이 닳을까 걱정할 필요도 없고 어디든지 금방 갈 수 있잖아."

말을 탄 사람이 한스의 말을 듣자 멈춰 서서는 물었습니다.

"그렇다면 당신은 도대체 왜 걷고 있는 거요?"

"어쩔 수가 없어요. 이 큰 짐을 지고 가야 하거든요. 이래 봬도 진짜 금덩이랍니다. 하지만 너무 무거워서 머리도 똑바로 못 들겠고 어깨는 내려앉을 것 같아요."

그러자 남자가 말했습니다.

"이러면 어떻겠소? 서로 바꾸는 거요. 나는 당신에게 말을 줄 테니 당신은 내게 그 금덩이를 주시오."

"미리 말해 주겠는데, 이거 무게가 장난 아닙니다."

남자는 말에서 내려 금덩이를 받아 든 다음, 한스가 말에 오르는 것을 도왔습니다. 남자는 한스의 손에 고삐를 꼭 쥐어 주며 말했습니다.

"빨리 가고 싶으면 혀를 차면서 '이랴!' 하고 소리치시오."

말에 탄 한스는 하늘에라도 오른 듯 기뻐하며 유유히 말을 몰기 시작했습니다. 얼마 후 한스는 더 빨리 달리고 싶어졌습니다. 그래서 혀를 쯧쯧 차며 '이랴! 이랴!' 하고 소리쳤습니다.

그러자 말이 갑자기 튀어나가는 바람에 한스는 말에서 떨어져 길과 밭 사이 도랑에 쿡 처박히고 말았습니다. 때마침 소를 몰고 오던 농부가 말을 붙잡아 주었습니다. 겨우 몸을 일으킨 한스는 화가 단단히 나서는 농부에게 말했습니다.

"말을 타는 건 좋을 게 하나도 없군요. 특히나 주인을 내팽개치는 녀석이라면 말이오. 내 다시 저 말을 타나 봐라. 그나저나 당신 소는 아주 순하군요. 그냥 편하게 뒤만 따라가면 되잖아요. 거기다 매일 우유에 버터에 치즈까지 얻을 수 있고. 저런 소를 가질 수 있다면 난 뭐든 다 내놓겠어요!"

그러자 농부가 말했습니다.

"내 소가 맘에 든다면 기꺼이 당신 말이랑 바꾸어 주리다."

한스는 뛸 듯이 기뻤습니다. 농부는 말 위에 훌쩍 올라타자마자 서둘러 떠났습니다. 한스는 느긋하게 소를 몰고 가며 속으로 남는 장사를 했다고 생각했습니다.

'이제 빵만 있으면 되겠다. 빵은 언제든 구하면 돼. 앞으로 난 버터와 치즈를 듬뿍 발라 먹을 수 있어. 목이 마르면 바로 우유를 짜서 마시면 되지. 더 이상 뭘 바라겠어?'

한스는 술집에 들러 점심과 저녁으로 싸간 음식을 몽땅 먹어 치운 뒤 마지막 동전을 탈탈 털어 맥주 한 잔까지 주문해 마셨습니다. 그러고는 소를 몰고 어머니가 계시는 고향 마을로 다시 걸음을 재촉했습니다. 정오가 가까울 즈음 한스는 황야를 터벅터벅 걷고 있었습니다. 한 시간은 족히 걸은 듯했습니다. 한낮의 열기가 어찌나 뜨거운지 갈증으로 혀가 입천장에 달라붙을 지경이었습니다. 그때 한스의 머릿속에 좋은 생각이 떠올랐습니다.

'맞아. 우유를 짜서 마시면 기운이 날 거야.'

한스는 나무에 소를 단단히 맸습니다. 그리고 소 밑에다 우유를 받을 양동이 대신 가죽 모자를 놓았습니다. 하지만 아무리 애를 써도 우유는 한 방울도 나오지 않았습니다. 서툰 젖 짜는 솜씨를 참다 못한 소가 끝내 뒷다리로 한스의 머리를 걷어차 버렸습니다. 한스는 한참이 지나서야 겨우 정신을 차렸습니다. 때마침 그곳을 지나던 푸주한이 한스를 보고 소리쳤습니다. 그는 손수레에 새끼 돼지를 싣고 오고 있었습니다.

"누가 장난을 쳤나 보군요!"

남자가 한스를 부축해 일으켜 세우자 한스는 그동안 겪은 일을 털어놓았습니다. 남자가 물통을 건네며 말했습니다.

"마셔요, 한결 나을 테니. 저 소는 너무 늙어서 젖이 안 나오는 것 같소. 잘해야 밭을 갈거나 도살장으로 끌려가는 수밖에 없을 거요."

한스가 머리를 긁적이며 대꾸했습니다.

"이거 참, 누가 그럴 줄 알았나요? 당신은 푸주한이니 잡을 짐승이 있으면 좋겠지요. 이놈을 잡으면 고기가 많이 나올 거예요. 그런데 난 쇠고기를 썩 좋아하지 않아요. 당신 돼지는 참 맛있어 보이네요. 소시지를 만들어 먹으면 꿀맛이겠어요!"

"이보시오. 그럼 친구로서 좋은 일 하는 셈 치고 당신 소와 이 돼지를 바꾸어 주리다."

"이렇게 친절하시다니, 복 받을 겁니다!"

그리하여 한스는 푸주한에게 소를 넘겨주고, 푸주한은 손수레에서 돼지를 내려 한스의 손에 목줄을 건넸습니다.

한스는 다시 길을 떠나면서 모든 일이 술술 잘 풀려 간다고 생각했습니다. 어려운 일이 생길 때마다 이렇게 쉽게 해결이 되니 말입니다. 얼마 못 가 한스는 하얀 거위를 품에 안고 가는 소년을 만났습니다. 서로 인사를 나눈 후 한스는 그 소년에게 매번 유리한 거래를 하였으니 자신이 얼마나 운이 좋은 사람이냐고 말했습니다. 소년은 고개를 끄덕이며 자기는 세례식에 쓸 거위를 가지고 가는 중이라고 얘기했습니다. 그러고는 거위 날개를 움켜잡으며 말했습니다.

"한번 들어 보세요. 진짜 묵직하죠? 두 달 내내 통통하게 살을 찌웠어요. 이걸 구워 한입 베어 물면 입가로 기름이 주르르 흘러내릴 거예요."

한스가 한 손으로 거위를 들어 보며 말했습니다.

"그래. 진짜 묵직하구나. 하지만 내 돼지도 만만치 않단다."

그런데 소년이 조심스럽게 사방을 둘러보더니 고개를 절레절레 저으며 말했습니다.

"잘 들으세요. 지금 마을에 일이 생겼는데, 바로 이 돼지 때문인 것 같아요. 제가 방금 마을을 지나오다가 시장님 댁 돼지를 도둑맞았단 소리를 들었거든요. 아저씨 손에 그 돼지가 있다니 정말 걱정이네요. 마을에서 사람을 풀었다는데, 잡히기라도 하는 날엔 무슨 일을 당할지 몰라요. 깜깜한 지하 감옥에 갇히는 건 약과라고요."

한스는 두려움에 벌벌 떨었습니다.

"이를 어째! 날 도와줄 수 없겠니? 나보다는 이 근방을 잘 알 거 아니냐? 그 거위는 나를 주고 내 돼지는 네가 가지렴."

"그럼 저도 위험해지는 걸요. 하지만 아저씨가 잘못되는 걸 두고 볼 순 없죠."

소년은 그러면서 돼지를 묶은 끈을 건네받고는 재빨리 옆길로 사라졌습니다.

한스는 그제야 마음을 놓고는 거위를 품에 안고 집으로 향했습니다. 그러면서 혼자 중얼거렸습니다.

"아무래도 내가 이득을 본 게지. 맛있는 고기에다 석 달 동안 빵에 발라 먹을 수 있는 거위 기름, 거기다 아름다운 흰 깃털까지 얻었잖아. 이 깃털로 베개 속을 채우면 베개에 머리만 대도 잠이 솔솔 올 거야. 어머니가 얼마나 기뻐하실까!"

마지막 마을을 지나던 한스는 수레 옆에서 가위를 가는 노인을 만났습니다. 노인은 윙윙 돌아가는 바퀴 소리에 맞춰 흥얼흥얼 노래를 불렀습니다.

"나는야 가위 가는 사나이, 바람 따라 가는 떠돌이."

한스는 걸음을 멈추고 노인을 물끄러미 지켜보았습니다. 그러다 노인에게 다가가 이렇게 말했습니다.

"아저씨는 아저씨가 좋아하는 일을 하시니까 즐거운 거죠?"

"평생 굶을 일은 없거든. 실력만 좋으면 주머니에 돈 마를 날이 없지. 그런데 젊은이는 어디서 그렇게 좋은 거위를 샀나?"

"산 게 아니에요. 돼지랑 맞바꾼 거죠."

"그럼 그 돼지는?"

"소와 바꿨지요."

"그럼 그 소는?"

"말을 주고 얻었죠."

"그럼 그 말은?"

"내 머리통만 한 금덩이와 바꿨죠."

"그럼 그 금덩이는?"

"아, 그건 제가 칠 년 동안 일하고 받은 품삯이에요."

"자넨 자네가 원하는 걸 손에 넣는 재주가 있군그래. 이젠 일어설 때마다 주머니에서 찰랑대는 돈 소리만 들을 수 있다면 더 바랄 게 없겠구먼!"

"어떻게요?"

"나처럼 가위 가는 사람이 돼야지. 숫돌 하나만 있으면 돼. 다른 건 저절로 해결되거든. 마침 자네한테 줄 숫돌이 있네. 내가 좀 손해긴 하지만, 그 거위만 받고 넘겨주도록 하지. 어떤가?"

"물어보나 마나죠. 아저씨 덕분에 전 세상에서 제일 운 좋은 사람이 되겠군요. 주머니에 손을 넣을 때마다 돈이 생겨난다는데 무슨 걱정이 있겠어요?"

그리하여 한스는 노인에게 거위를 주고 대신 숫돌을 얻었습니다.

한스는 돌덩이를 등에 지고 행복한 마음으로 길을 떠났습니다. 기쁨에 거워 눈을 빛내며 한스가 소리쳤습니다.

"난 정말 행운아야! 내가 바라는 일이 모두 척척 이뤄지잖아.

하늘이 날 보살펴 주시는 것 같아."

하지만 온종일을 걸은 탓인지 피곤이 몰려왔습니다. 게다가 커다란 암소를 얻은 기념으로 도시락을 다 먹어 버린 터라 배도 몹시 고팠습니다. 한스는 힘겹게 발을 떼며 앞으로 나아갔습니다. 한 발짝 내딛을 때마다 숨을 돌려야 할 정도였습니다. 돌덩이가 등을 인정사정없이 짓누르는 통에 이 돌만 없어지면 얼마나 좋을까 하는 생각뿐이었습니다.

마침내 들판 한가운데서 샘을 발견한 한스는 달팽이처럼 우물로 기어갔습니다. 한스는 시원한 물로 목도 축이면서 쉬었다가 가고 싶었습니다. 그래서 샘가 바로 옆에 돌덩이를 조심스럽게 내려놓았습니다. 그런 다음 자리에 앉아 물을 마시려고 몸을 기울였습니다. 그런데 그만 팔꿈치로 돌을 치는 바람에 돌덩이가 물속에 풍덩 빠지고 말았습니다. 돌덩이가 샘 바닥으로 가라앉자 한스는 기뻐서 펄쩍펄쩍 뛰었습니다. 그러고는 무릎을 꿇고 눈물을 흘리며, 이렇게 멋진 방식으로 자신을 돌덩이로부터 벗어나게 해준 하늘에 감사의 기도를 올렸습니다. 그 돌덩이는 한스에게 무거운 짐밖에는 되지 않았던 것입니다.

"세상에서 나처럼 운 좋은 사람도 없을 거야!"

한스는 이렇게 외치며 홀가분한 몸과 마음으로 어머니가 계시는 고향 마을을 향해 단숨에 달려갔습니다.

<u>13</u>

생명의 물

옛날에 어떤 왕이 병에 걸려 살 가망이 없었습니다.

세 아들은 슬픔에 젖어 궁전 뜰로 나가 눈물을 흘렸습니다. 그때 한 노인이 나타나 그토록 슬퍼하는 이유가 무엇인지 물었습니다. 세 아들은 아버지가 위독하여 곧 돌아가실지 모르는데 살릴 방법이 없다고 말했습니다. 그러자 노인이 말했습니다.

"내가 방법을 알고 있소이다. 바로 생명의 물이라오. 그걸 마시면 곧 건강을 되찾을 거요. 그런데 구하기가 워낙 어려워서 말이지."

"제가 당장 찾으러 가겠어요."

첫째 왕자는 이렇게 말하며 병석에 누워 있는 왕을 찾아가 생명의 물이 유일한 약이니 그 물을 찾으러 가게 허락해 달라고 간청했습니다.

그러자 왕이 말했습니다.

"안 된다. 너무 위험해. 차라리 내가 이대로 죽는 게 낫겠구나."

하지만 첫째 왕자가 끈질기게 애원하자 왕은 하는 수 없이 허락했습니다. 첫째 왕자는 속으로 생각했습니다.

'내가 생명의 물을 구해 오면 아버지의 총애를 얻어 왕국을 물려받게 될 거야.'

길을 떠난 첫째 왕자는 말을 타고 한참을 달리다 난쟁이를 만났습니다. 난쟁이가 왕자를 불렀습니다.

"어딜 그리 바삐 가는가?"

"별 간섭을 다 하네. 넌 몰라도 돼!"

왕자는 경멸하듯 내뱉고는 그대로 말을 타고 사라져 버렸습니다. 난쟁이는 화가 나서 마구 저주를 퍼부었습니다.

한편 산으로 들어선 왕자는 계곡 깊숙이 들어갔습니다. 그런데 갈수록 계곡 폭이 좁아지더니 급기야 말 머리를 돌리기는커녕 안장에서 내리지도 못할 지경이 되었습니다. 왕자는 꼼짝없이 계곡에 갇히고 말았습니다.

왕은 오랫동안 왕자를 기다렸지만 왕자는 돌아오지 않았습니다. 그러자 둘째 왕자가 나섰습니다.

"아버님, 생명의 물을 찾아 떠나도록 허락해 주십시오."

그러면서 속으로 생각했습니다.

'형님이 죽었다면 이제 왕국은 내 차지야.'

이번에도 왕은 허락하지 않았으나 결국은 손을 들고 말았습니다. 둘째 왕자도 형이 갔던 길을 따라가다가 난쟁이를 만났습니다. 난쟁이가 왕자를 불러 세우더니 어딜 그렇게 바삐 가느냐고 물었습니다.

"별 간섭을 다 하네. 넌 몰라도 돼!"

　둘째 왕자 역시 면박을 주고는 뒤도 안 돌아보고 말을 몰았
습니다.

　난쟁이는 왕자에게 저주를 퍼부었습니다. 그리고 산골짜기
에 들어선 둘째 왕자도 형처럼 갇혀 버렸습니다.

　둘째도 돌아오지 않자 이번엔 막내가 생명의 물을 구하러 가
겠다며 애원했습니다. 왕은 이번에도 마지못해 허락을 했습니
다. 셋째 왕자도 길을 가는 도중에 난쟁이를 만났습니다. 난쟁
이가 어딜 그리 바쁘게 가느냐고 묻자 왕자는 말을 멈추고 대
답했습니다.

"아버님이 위독하셔서 생명의 물을 구하러 가는 길입니다."

"어디 있는지 아시오?"

"모릅니다."

"좋아. 자넨 날 무시하지도 않고, 음흉한 형들처럼 거만하지도 않으니 생명의 물을 구하는 방법을 알려 주지. 생명의 물은 마법에 걸린 성의 마당에 있는 샘에서 나온다네. 하지만 이 쇠 지팡이와 빵 두 덩어리가 없으면 성엔 들어가지도 못해. 먼저 이 쇠 지팡이로 성문을 세 번 치면 문이 활짝 열릴 걸세. 안에 들어가면 사자 두 마리가 바닥에 누워 있을 거야. 그놈들이 입을 쫙 벌릴 때 빵 한 덩어리씩을 던져 주게나. 그러면 놈들이 얌전해질 걸세. 그런 다음 괘종시계가 열두 시를 치기 전에 서둘러 생명의 물을 떠와야 하네. 안 그러면 성문이 닫히고 자넨 영원히 갇혀 버리게 될 걸세."

왕자는 난쟁이에게 고맙다는 인사를 하고는 지팡이와 빵을 가지고 다시 길을 떠났습니다. 성에 도착하니 모든 게 난쟁이가 일러준 그대로였습니다. 지팡이로 성문을 세 번 두드리자 문이 활짝 열렸습니다. 왕자는 빵으로 사자를 얌전히 만든 다음 성안으로 들어갔습니다.

크고 아름다운 방에 들어서니 마법에 걸린 왕자들이 둘러앉아 있었습니다. 셋째 왕자는 왕자들의 손가락에서 반지를 빼

주고 바닥에 있던 검과 빵 한 덩어리를 집어 들었습니다. 다음 방으로 가니 아름다운 공주가 왕자를 맞았습니다. 왕자를 본 공주는 기뻐서 입을 맞추며 마법을 풀어준 대가로 왕국 전체를 주겠다고 말했습니다. 그리고 왕자가 일 년 안에 돌아오면 결혼을 하겠다고 덧붙였습니다. 그런 다음 생명의 물이 나오는 샘이 어디 있는지 가르쳐 주었습니다.

열두 시 종이 울리기 전에 물을 구하려면 서둘러야 했습니다. 샘으로 가는 길에 깨끗이 정리된 멋진 침대가 놓인 방을 지나게 되었습니다. 왕자는 너무 피곤했기에 침대에서 잠시 쉬었다가 가야겠다고 생각했습니다.

하지만 침대에 눕자마자 잠이 들고 말았습니다. 왕자가 잠에서 깨어나니 시계가 벌써 세 번을 치고 있었습니다. 왕자는 소스라치게 놀라며 벌떡 일어나 샘으로 달려가서는 생명의 물을 담았습니다. 그러고는 밖으로 쏜살같이 내달렸습니다. 왕자가 막 철문을 통과하는 순간 열두 번째 종이 울렸습니다. 그리고 동시에 철문이 쾅 하고 닫히는 바람에 왕자의 발뒤꿈치가 조금 떨어져 나갔습니다.

하지만 생명의 물을 구했다는 기쁨에 왕자는 행복하기만 했습니다. 돌아오는 길에 난쟁이를 다시 만났습니다. 난쟁이는 검과 빵을 보더니 말했습니다.

"아주 쓸모 있는 물건을 손에 넣었군. 그 검 하나면 못 이길 게 없고, 그 빵은 아무리 먹어도 줄지 않는다네."

그러나 셋째 왕자는 형들을 찾기 전에는 아버지가 계신 궁전으로 돌아가고 싶지 않았습니다.

"난쟁이 아저씨, 우리 형들이 어디 있는지 아세요? 저보다 먼저 생명의 물을 찾으러 떠났는데 여태껏 소식이 없어서요."

"그 둘은 산과 산 사이에 갇혀 있다네. 하도 거만하게 굴기에 내가 마법을 좀 걸었지."

그 말을 들은 셋째 왕자가 형들을 찾을 수 있도록 도와 달라고 간곡하게 부탁하자, 난쟁이는 형들을 풀어 주기로 했습니다. 하지만 이 말만은 빼놓지 않았습니다.

"자네 형들을 조심하게. 심보가 아주 못된 사람들이니까."

셋째 왕자는 형들을 만나자 기뻐하면서 그동안 겪은 일들을 모두 들려주었습니다. 아버지에게 드릴 생명의 물을 찾은 이야기, 아름다운 공주를 구하고 일 년 후에 결혼하기로 약속한 일, 결혼 후엔 넓디넓은 왕국을 얻게 될 거라는 이야기까지 모두 털어놓았습니다. 이야기를 마친 뒤 왕자는 형들과 함께 말을 타고 궁전으로 떠났습니다.

가는 길에 세 왕자는 전쟁과 흉년으로 고통을 겪고 있는 나라에 이르렀습니다. 사정이 얼마나 비참한지 왕조차 나라가 곧 망할 거라며 절망에 빠져 있었습니다.

그런데 마음씨 착한 셋째 왕자가 빵을 준 덕에 백성들은 배를 채울 수 있었고, 검을 준 덕에 적군들을 모두 물리칠 수 있었습니다. 마침내 나라에 평화와 행복이 찾아왔습니다.

왕자는 빵과 검을 돌려받고 형들과 함께 다시 길을 떠났습니다.

하지만 전쟁과 굶주림에 허덕이는 나라를 두 곳이나 더 지나게 되었고, 거기서도 왕에게 빵과 검을 빌려 주었습니다. 그리하여 왕자는 세 나라를 위기에서 구한 셈이 되었습니다.

이제 세 왕자는 배를 타고 바다를 건넜습니다. 항해 중에 형들은 머리를 맞대고 동생을 궁지에 몰아넣을 음모를 꾸몄습니다.

"막내는 생명의 물을 찾아냈는데 우리는 빈손이야. 우리가 당연히 물려받아야 할 왕국이 막내 손에 넘어가게 됐어. 이제 우리 행복은 끝이라고."

복수심에 불탄 두 형들은 막내를 모함할 궁리를 했습니다. 형들은 동생이 잠들 때까지 기다렸다가 생명의 물을 다른 잔에 옮겨 붓고 원래 잔에다 쓰고 짠 바닷물을 채웠습니다.

궁전에 도착한 셋째 왕자는 병석에 누운 왕에게 가짜 물을 들고 가서는 이 물을 마시면 병이 말끔히 나을 것이라고 말했습니다.

하지만 쓰고 짠 바닷물을 마신 왕은 더 심하게 앓기 시작했

습니다. 왕이 끙끙 신음하자 두 형들이 나타나 왕을 독살하려
했다며 막내를 몰아붙였습니다.

그러고는 진짜 생명의 물을 가져와 왕에게 바쳤습니다. 왕은
생명의 물을 마시자마자 이내 병색이 없어지더니 젊었을 때와
같은 건강과 기운을 되찾았습니다. 형들은 막내를 찾아가 비
아냥거렸습니다.

"그래, 생명의 물을 찾아낸 건 너야. 애는 썼다만 그 상은 우
리가 받아야겠다. 그러게 눈을 똑바로 뜨고 똘똘하게 굴지 그
랬니? 네가 배에서 잘 때 우리가 생명의 물을 가로챘거든. 일
년 후 아름다운 공주와 결혼할 사람도 우리 중 하나라고. 우리
한테 털어놓지 말 걸 그랬지? 아버지는 어차피 네 말은 믿지 않
으실 테지만, 이 일에 대해 한마디라도 벙긋했다가는 그땐 끝
인 줄 알아. 조용히 입 다물고 있으면 목숨만은 살려 주지."

왕은 셋째 왕자가 자신을 죽이려 했다고 믿고는 노발대발했
습니다. 그래서 대신들을 불러 왕자를 쥐도 새도 모르게 없애
버리라고 명령했습니다.

어느 날, 셋째 왕자가 사냥을 나가는데 왕의 사냥꾼이 따라
나섰습니다. 숲속에 단둘이 있게 되자 사냥꾼이 갑자기 슬픈
표정을 지었습니다. 왕자가 사냥꾼에게 물었습니다.

"이보게, 왜 그러는가?"

그러자 사냥꾼이 대답했습니다.

"말해선 안 되지만 그냥 있을 수가 없네요."

"말해 보게. 무슨 일이든 다 용서하겠네."

"사실은 임금님이 왕자님을 죽이라고 하셨습니다."

왕자는 사냥꾼의 말에 뒤로 주춤 물러서며 말했습니다.

"이보게, 나를 살려 주게. 자네에게 내 옷을 줄 테니 자네 옷이랑 바꿔 입어 주게."

"기꺼이 그러지요. 소인이 왕자님을 어떻게 해치겠습니까?"

옷을 바꿔 입은 뒤 사냥꾼은 궁전으로 돌아갔고 왕자는 더 깊은 숲속으로 들어갔습니다.

얼마 후 금은보화를 가득 실은 마차 세 대가 궁전 앞에 도착했습니다. 그것은 셋째 왕자가 준 검으로 적군들을 물리치고 빵으로 굶주린 백성들을 구한 세 나라의 왕들이 셋째 왕자에게 보내온 선물이었습니다. 이것을 본 왕은 생각했습니다.

'왕자는 날 죽이려 한 게 아닐지도 몰라.'

왕은 신하들을 불러 놓고 한탄했습니다.

"그 아이가 살아 있다면 얼마나 좋겠는가! 어찌하여 죽이라고 명령을 내렸던고!"

그러자 사냥꾼이 앞으로 나서며 말했습니다.

"왕자님은 살아 계십니다. 제 손으로 차마 왕자님을 죽일 수가 없었습니다."

사냥꾼은 왕에게 사실을 고백했습니다.

이야기를 들은 왕은 크게 안도하며 셋째 왕자가 언제 돌아오든 반갑게 맞이할 것이라고 온 나라에 알렸습니다.

한편 셋째 왕자가 마법에서 풀어준 공주는 성으로 들어오는 길을 번쩍이는 황금으로 깔았습니다. 그리고 경비병들에게 길 한가운데로 곧장 들어오는 사람은 누구든 성으로 들여보내고, 길가로 오는 사람은 무조건 내쳐 버리라고 말했습니다.

셋째 왕자가 사라진 지 일 년이 다 되자, 첫째 왕자는 자기가 먼저 공주를 찾아가 공주를 구해 준 사람인 척해야겠다고 마음 먹었습니다. 그러면 공주도, 왕국도 모두 자기 차지가 될 터였습니다.

첫째 왕자는 말을 타고 성으로 갔습니다. 성 앞으로 난 눈부신 황금 길을 보자 왕자는 그토록 아름다운 길을 지나갈 엄두가 나지 않았습니다. 그래서 길을 비켜 오른쪽으로 말을 몰았습니다. 하지만 성문을 지나려고 하자 경비병들이 길을 막으며 공주가 기다리는 사람이 아니니 돌아가라고 말했습니다.

곧 둘째 왕자도 성을 향해 출발했습니다. 그런데 황금 길로 들어서려는 순간 아름다운 길을 더럽히는 건 너무 부끄러운 짓이라는 생각이 들었습니다. 그래서 길을 비켜 왼쪽으로 말을 몰았습니다. 하지만 성문에 도착하자 경비병들이 막아서며 공주가 기다리는 사람이 아니니 물러가라고 소리쳤습니다.

딱 일 년째 되던 날, 셋째 왕자는 문득 공주를 생각해 내고는 그녀를 만나기 위해 숲을 빠져나왔습니다. 어서 빨리 공주를 만났으면 하는 바람만 머릿속에 가득한 왕자는 황금 길도 눈에 들어오지 않았습니다. 그래서 곧장 길 한가운데로 말을 몰았습니다. 성문에 도착하자 문이 활짝 열리면서 공주가 기쁜 얼굴로 왕자를 맞았습니다. 공주는 왕자가 자신을 구해 준 은인이자 이 왕국의 주인이라고 백성들에게 말하고는 축복 속에서 결혼식을 올렸습니다.

결혼식이 끝나자, 공주는 왕자의 아버지가 왕자를 용서했다는 전갈을 보내 왔다고 말했습니다. 왕자는 아버지를 찾아가 형들이 자신을 속인 이야기며 그동안 사실을 밝히지 못했던 이유를 모두 설명했습니다.

왕은 두 아들을 당장 벌하려고 했지만, 왕자들은 이미 배를 타고 멀리 달아난 뒤였습니다. 그 후 왕자들은 다시는 돌아오지 않았습니다.

14

황금 머리카락

옛날에 가난한 여자가 아들을 낳았습니다. 아이가 태반을 뒤집어쓰고 태어나자 점쟁이는 아이가 열네 살이 되면 공주와 결혼할 운명이라고 예언했습니다.

아이가 태어나고 얼마 후, 왕이 우연히 그 마을에 들렀습니다. 하지만 아무도 알아보는 사람은 없었습니다. 왕이 이 마을에서 가장 최근에 일어난 일이 무엇이냐고 묻자 사람들이 대답했습니다.

"얼마 전에 한 아이가 태반을 뒤집어쓴 채 태어났답니다. 앞으로 무슨 일을 하든 행운이 따라다닐 거라는군요. 점쟁이도 그 애가 열네 살이 되면 공주와 결혼할 거라고 예언했는걸요."

심보가 고약한 왕은 점쟁이의 예언이 마음에 거슬렸습니다. 그래서 아이의 부모를 찾아가 친절한 척하며 말했습니다.

"나는 당신들이 무척 가난하다는 걸 알고 있소. 그러니 그 아이를 나한테 맡기시오. 그러면 내가 잘 돌봐 주리다."

아이의 부모는 처음에는 거절했지만 왕이 아이를 데려가는 대신 많은 금을 주겠다고 하자 생각이 달라졌습니다.

'우리 애는 행운을 타고났으니까 어디서든 잘 살 거야.'

아이의 부모는 끝내 아이를 낯선 사람의 손에 넘겨주고 말았습니다.

왕은 아이를 상자에 넣은 뒤 말을 타고 깊은 강에 도착했습니다. 강에 이른 왕은 상자를 강물에 내던지며 생각했습니다.

'이제 내 딸이 엉뚱한 놈과 결혼하는 일은 없겠지.'

하지만 상자는 물에 가라앉지 않았습니다. 작은 배처럼 물 한 방울 스며들지 않은채 강물 위를 둥둥 떠내려갔습니다. 상자는 왕이 사는 도시에서 꽤 멀리 떨어진 물방앗간까지 떠내려가다가 방앗간 둑에 걸려 멈췄습니다. 다행히 방앗간에서 일하는 젊은이가 둑 위에 서 있다가 그 상자를 발견했습니다. 엄청난 보물이 들었을 거라고 생각한 젊은이는 갈고리로 상자를 강가로 끌어냈습니다. 하지만 상자 속에서 나온 건 보물이 아니라 건강하고 귀여운 사내아이였습니다. 젊은이는 그 아이를 방앗간 주인 부부에게 데려갔습니다. 아이가 없던 부부는 몹시 기뻐하며 말했습니다.

"이 아인 하늘이 우리에게 내려준 선물이야."

부부가 아이를 정성껏 보살핀 덕에 아이는 예의 바르고 심성이 착한 소년으로 자라났습니다. 그러던 어느 날, 왕이 폭풍우를 만나 방앗간으로 몸을 피하게 되었습니다. 왕은 부부에게 저 소년이 아들이냐고 물었습니다. 그러자 부부가 대답했습니다.

"아닙니다. 저 아이는 주워온 아이입니다. 십사 년 전 강을 타고 둑까지 떠내려 온 걸 저희 방앗간 일꾼이 건져 왔지요."

왕은 그 소년이 바로 자기가 강물에 던져 버린 아이라는 것을 알아챘습니다.

"이보게, 왕비에게 전할 편지가 있는데 저 아이를 시켜도 되겠나? 심부름값으로 금화 두 냥을 주겠네."

"분부대로 하겠습니다."

부부는 아이에게 떠날 준비를 하라고 일렀습니다.

그러자 왕은 왕비에게 보내는 편지에 이렇게 썼습니다.

"이 편지를 받는 대로 소년을 그 즉시 죽여 묻어 버리시오. 이 일은 내가 돌아가기 전에 모두 처리해야 하오."

하지만 소년은 편지를 들고 가다 도중에 길을 잃고 말았습니다. 밤이 되자 소년은 거대한 숲에 들어섰습니다. 어둠 속에서 어른거리는 불빛을 따라가던 소년 앞에 작은 오두막이 나타났습니다. 안으로 들어서니 할머니 한 분이 불 옆에 앉아 있었습니다. 할머니가 소년을 보고 놀라 물었습니다.

"어디서 온 게냐? 어디 가는 길이야?"

"전 방앗간에서 왔는데, 왕비님께 편지를 전하러 가다 그만 길을 잃어버렸습니다. 하룻밤만 여기서 묵어가도 될까요?"

"이를 어쩌나. 여긴 강도들이 사는 소굴이야. 놈들이 돌아오면 널 죽이고 말 텐데."

"올 테면 오라지요. 전 두렵지 않아요. 게다가 너무 지쳐서 더 이상 걷지도 못하겠는걸요."

소년은 긴 의자 위에 몸을 뻗더니 그대로 잠이 들어 버렸습니다. 얼마 후 강도들이 돌아왔습니다. 강도들은 낯선 소년이 의자에서 잠든 걸 보자 버럭 화를 내며 누구냐고 물었습니다. 그러자 할머니가 말했습니다.

"그냥 숲속에서 길을 잃은 순진한 아이야. 불쌍해서 내가 들어오라고 했어. 왕비에게 편지를 전하러 가던 길이었대."

편지를 뜯어본 강도들은 소년이 궁전에 도착하자마자 죽을

 운명이라는 사실을 알았습니다. 인정사
정없기로 소문난 강도들이었지만 한편
소년이 안됐다는 생각이 들었습니다. 그
래서 두목은 그 편지를 찢어 버리고 소년이 궁전에 도착하는
즉시 공주와 결혼시키라는 내용의 편지를 새로 썼습니다. 그
러고는 소년이 의자에서 편히 자도록 아침까지 내버려 두었습
니다. 그리고 소년이 깨어나자 숲을 빠져나가는 길을 가르쳐
주었습니다.

소년의 편지를 전해 받은 왕비는 편지에 적힌 대로 성대한
결혼식을 준비했고, 행운을 타고난 소년과 공주를 결혼시켰습
니다. 잘생긴 데다 다정하기까지 한 소년을 남편으로 맞은 공
주는 더없이 행복해했습니다.

얼마 후 궁전으로 돌아온 왕은 점쟁이의 예언대로 소년이 자
기 딸과 결혼했다는 사실을 알고는 깜짝 놀라 물었습니다.

"도대체 이게 어찌된 일이오? 내가 편지에 쓴 것과 정반대로
하지 않았소?"

그러자 왕비가 직접 읽어 보라며 왕에게 편지를 건넸습니다.
편지를 읽은 왕은 누군가 편지를 바꿔치기했다는 사실을 알았
습니다. 왕은 소년을 불러 자기가 맡긴 편지는 어쩌고 다른 편
지를 전했는지 물었습니다.

"저도 모르는 일입니다. 아마 숲에서 잘 때 바꿔치기당한 모양입니다."

그러자 왕이 불같이 화를 내며 소리쳤습니다.

"모든 일이 그렇게 쉽게 이루어질 줄 알았느냐? 누구든 공주와 결혼하려면 지옥으로 가서 악마의 머리에서 황금 머리카락 세 가닥을 뽑아 오는 것이 순서이다. 그러니 내 딸과 계속 살고 싶다면 내가 원하는 걸 가져오너라."

왕은 어떻게 해서든 소년을 없애 버리고 싶었습니다.

소년이 대답했습니다.

"황금 머리카락을 가지고 올 테니 걱정 마십시오."

소년은 곧 길을 떠났습니다. 가다 보니 큰 도시에 이르렀습니다. 성문을 지키던 문지기가 소년에게 무슨 일을 할 줄 알고 어떤 것을 아는지 물었습니다.

"난 모르는 게 없습니다."

그러자 문지기가 말했습니다.

"그렇다면 우리를 도울 수 있겠군. 우리 도시 장터에 포도주가 콸콸 나오는 샘이 하나 있는데, 요즘은 바싹 말라 물 한 방울도 나오지 않는다오. 왜 그런지 말해 주겠소?"

"제가 다시 돌아올 때까지만 기다려 주십시오. 그럼 그 이유를 말씀드리지요."

다시 길을 재촉하던 소년은 또 다른 도시에 도착했습니다. 그곳 문지기 역시 소년에게 무슨 일을 할 줄 알고 어떤 것을 아는지 물었습니다.

"난 모르는 게 없습니다."

그러자 문지기가 말했습니다.

"그렇다면 우리를 도울 수 있겠군. 우리 도시에 황금 사과가 열리는 나무가 있는데, 지금은 사과는커녕 이파리조차 나지 않는다오. 왜 그런지 말해 주겠소?"

"제가 다시 돌아올 때까지만 기다려 주십시오. 그럼 그 이유를 말씀드리지요."

좀 더 걸어가니 넓은 강이 나왔습니다. 소년이 배를 타자 뱃사공이 소년에게 무슨 일을 할 줄 알고 어떤 것을 아는지 물었습니다.

"난 모르는 게 없습니다."

"그럼 날 도울 수 있겠군. 내가 왜 혼자서 쉴 짬도 없이 사람들을 이쪽저쪽 날라야 하는지 말해 주겠소?"

그러자 소년이 말했습니다.

"제가 다시 돌아올 때까지만 기다려 주십시오. 그럼 그 이유를 말씀드리지요."

강을 건너자 지옥으로 들어가는 문이 보였습니다. 지옥은 연기에 그을린 듯 어둡고 칙칙했습니다. 악마는 집에 없고 악마의 할머니가 커다란 안락의자에 앉아 있었습니다.

"젊은이, 여긴 무슨 일인가?"

할머니가 물었습니다. 그렇게 나쁜 할머니처럼 보이진 않았습니다.

"악마의 머리에 난 황금 머리카락 세 가닥이 필요해서 왔습니다. 그걸 못 가져가면 아내와 헤어질 수밖에 없거든요."

"만만치 않은 일이야. 악마가 집에 들어온 젊은일 보면 죽이려 들 테니 말이우. 하지만 젊은이 사정이 그리 딱하니 내가 한번 손을 써보리다."

할머니는 소년을 개미로 변하게 한 다음 이렇게 말했습니다.

"내 치마 주름 속에 기어 들어가요. 거기라면 안전할 테니."

그러자 소년이 말했습니다.

"알겠습니다. 그런데 제가 알고 싶은 게 세 가지 더 있습니다. 시장에서 포도주가 콸콸 쏟아져 나오던 샘이 바짝 말라 물조차 나오지 않는 이유가 뭘까요? 황금 사과가 주렁주렁 열리던 나무가 왜 이젠 이파리조차 나지 않을까요? 또 뱃사공은 왜 혼자서 쉴 짬도 없이 사람들을 이쪽저쪽으로 날라야만 하는 걸까요?"

"그것 참 어려운 문제들이네. 그 이유들을 알고 싶으면 가만

히 숨죽이고, 내가 머리카락을 뽑을 때 악마가 하는
얘기를 잘 들어 보구려."

밤이 되자 악마가 집으로 돌아왔습니다. 악마는 집
으로 들어서기가 무섭게 집 안 공기가 다르다는 걸 눈
치챘습니다.

"냄새가 나, 사람 냄새가. 뭔가 수상한 게 있어."

악마는 집 안 구석구석을 샅샅이 뒤졌지만 아무것도 찾아내
지 못했습니다. 그러자 할머니가 손자를 꾸짖었습니다.

"할미가 방금 청소하고 말끔히 정리해 놓았는데, 또 엉망으
로 만들어 놓는구나. 어찌 허구한 날 사람 냄새 타령이냐? 어
서 앉아 저녁이나 먹어라!"

저녁을 먹고 나자 나른해진 악마는 할머니의 무릎을 베고 누
워 머리에서 이를 잡아 달라고 했습니다. 그러고는 이내 코를
골기 시작했습니다. 그러자 할머니가 황금 머리카락 한 가닥
을 힘껏 뽑아서는 얼른 옆에다 놓았습니다.

악마가 비명을 질렀습니다.

"아얏! 지금 뭐하시는 거예요?"

그러자 할머니가 대꾸했습니다.

"할미가 나쁜 꿈을 꾸다가 그만 네 머리를 움켜잡았구나."

"무슨 꿈을 꾸셨는데요?"

"시장에 포도주가 나오는 샘이 하나 있는데, 갑자기 말라 버렸지 뭐냐. 이젠 물조차 안 나와. 왜 그런지 알겠니?"

"그 샘 안에 돌이 하나 있는데, 그 밑에 두꺼비 한 마리가 웅크리고 있어요. 녀석을 죽이면 다시 포도주가 솟아날 거예요."

할머니는 다시 이를 잡기 시작했습니다. 악마는 금방 잠이 들었고, 창문이 들썩거릴 정도로 코를 골았습니다. 그러자 할머니가 두 번째 머리카락을 뽑았습니다.

"으악! 도대체 뭐하시는 거예요?"

악마가 씩씩대며 소리쳤습니다.

"꿈결에 나도 모르게 그랬구나."

"이번엔 또 무슨 꿈인데요?"

"어느 나라에 황금 사과가 열리는 나무가 있는데, 이젠 이파리조차 안 난다지 뭐냐. 왜 그런 것 같니?"

"쥐가 그 나무뿌리를 갉아 먹고 있어서 그래요. 녀석을 죽이면 다시 황금 사과가 열릴 거예요. 만약 그대로 내버려 두면 나무는 완전히 말라 죽고 말걸요. 자, 이제 꿈 얘긴 그만하세요! 또 귀찮게 굴면 가만 두지 않겠어요!"

할머니는 악마를 다독이고는 다시 이를 잡아 주었습니다. 악마는 또다시 잠이 들더니 코를 골기 시작했습니다. 마침내 할머니가 세 번째 머리카락을 뽑았습니다. 악마가 비명을 지르며 벌떡 일어나더니 손을 치켜들었습니다. 그러자 할머니가 악마를 달래며 말했습니다.

"자꾸 꿈을 꾸는 걸 난들 어쩌겠냐?"

"무슨 꿈을 꾸셨는데요?"

악마도 궁금한지 물었습니다.

"뱃사공이 쉬지도 못하고 혼자서 이쪽저쪽 사람들을 날라다 줘야 한다며 투덜대는 꿈을 꾸었단다. 뱃사공이 어떻게 하면 그 일에서 벗어날 수가 있겠니?"

"이런! 멍청하긴! 배를 태워 달라는 사람 손에 노만 쥐어 주면 돼요. 그러면 배를 탄 사람이 노를 젓게 되잖아요. 뱃사공은 자유로워지고요."

황금 머리카락 세 가닥을 다 뽑고 세 가지 문제에 대한 답도 얻게 되자, 할머니는 날이 밝을 때까지 악마가 편히 자게 내버려 두었습니다. 그리고 다음 날 악마가 집을 나가자 치마폭에서 개미를 꺼낸 뒤 다시 사람으로 변하게 했습니다.

"황금 머리카락 세 가닥 받아요. 악마가 하는 대답도 잘 들었겠지요?"

"네, 잘 들었습니다. 절대로 잊지 않겠습니다."

"그럼 이제 필요한 걸 다 얻었으니 그만 가보시우."

소년은 할머니에게 도와줘서 고맙다고 인사한 뒤, 할 일을 해냈다는 사실에 기뻐하며 지옥을 나왔습니다. 강에 이르자 뱃사공이 약속대로 답을 달라고 말했습니다.

"먼저 날 건너다 주세요. 그럼 가르쳐 드릴게요."

강을 건너자 소년은 악마 이야기를 전했습니다.

"누군가 와서 강을 건너게 해달라고 할 때 그 사람 손에 노를 쥐어 주기만 하면 돼요."

소년은 계속 걸어 사과나무가 있는 도시에 이르렀습니다. 그러자 문지기도 약속대로 답을 알려 달라고 말했습니다. 소년은 악마에게 들은 이야기를 해주었습니다.

"쥐가 나무뿌리를 갉아 먹어서 그래요. 그러니 쥐를 죽이면 다시 황금 사과가 열릴 거예요."

문지기는 고맙다며 당나귀 두 마리에 황금을 잔뜩 실어 보냈습니다. 이어서 말라 버린 샘이 있는 도시에 도착하자 소년은 문지기에게 악마의 이야기를 전했습니다.

"샘 바닥 돌 밑에 두꺼비가 한 마리 살고 있어요. 녀석을 죽이면 포도주가 펑펑 솟아날 겁니다."

그 문지기 역시 고마움의 표시로 황금을 잔뜩 실은 당나귀 두 마리를 선물로 주었습니다.

마침내 행운을 타고난 소년은 아내가 있는 궁전으로 돌아왔습니다. 공주는 남편을 다시 만난 기쁨에, 멋지게 일을 마치고 돌아왔다는 사실에 더없이 행복해했습니다. 소년은 왕에게 황금 머리카락 세 가닥을 바쳤습니다. 왕은 황금을 가득 실은 당나귀 네 마리를 보자 크게 기뻐하며 말했습니다.

"이제 모든 조건을 갖췄으니 내 딸과 살아도 좋도다. 그런데 사위, 이 많은 금을 대체 어디서 얻은 겐가?"

"길에서 발견했습니다. 강을 건넌 뒤에 주워 담았지요. 강둑이 모래가 아니라 온통 금으로 덮여 있더군요."

그러자 욕심에 눈이 먼 왕이 물었습니다.

"나도 좀 가져올 수 있을까?"

"그럼요. 원하시는 만큼 얻을 수 있습니다. 강에 가면 뱃사공이 하나 있을 테니 배를 태워 달라고 하십시오. 그러면 자루가 넘치도록 금을 가득 채워올 수 있을 겁니다."

탐욕스런 왕은 그길로 궁전을 떠나 강에 도착했고, 강 건너편에 있던 뱃사공을 손짓해 불렀습니다. 뱃사공이 강을 건너와 왕을 배에 태웠습니다. 그리고 건너편에 도착하자마자 들고 있던 노를 왕의 손에 쥐어 주고는 쏜살같이 달아나 버렸습니다. 그때부터 왕은 그동안 지은 죗값으로 사람들을 강 이편 저편으로 실어다 나르며 살아야 했습니다.

15

열두 왕자

아주 오랜 옛날, 열두 명의 아들과 함께 행복하게 살아가는 왕과 왕비가 있었습니다. 어느 날 왕이 왕비에게 말했습니다.

"열세 번째로 태어날 아이가 딸이면 왕자들은 모두 죽어야만 하오. 그래야 그 아이가 이 나라와 모든 재산을 차지할 수 있을 테니 말이오."

왕은 심지어 관을 미리 열두 개 만들어 놓고 안을 대팻밥으로 채워 놓았습니다. 관마다 그 안에 누울 사람이 벨 베개까지 맞춰 놓고는, 성 안에 있는 한 방에다 관들을 넣고 문을 잠갔습니다. 그러고는 왕비에게 열쇠를 주며 이 사실을 비밀로 하라고 일렀습니다. 그 후로 왕비는 하루하루를 눈물로 보냈습니다. 왕비 곁에는 열두 번째 왕자 벤자민이 항상 함께했습니다. 하루는 벤자민이 물었습니다.

"어머니, 무슨 일로 그리 슬퍼하십니까?"

"얘야, 그건 말할 수 없는 비밀이란다."

하지만 벤자민이 계속 고집을 부리자 왕비가 마침내 그 방문을 열고 대팻밥으로 안을 채운 관 열두 개를 보여 주며 말했습니다.

"네 아버지는 너와 네 형들을 위해 이 관을 만드셨단다. 내가 딸을 낳으면 너희들은 모두 저 관에 들어가는 신세가 되고 말 거야."

왕비가 눈물을 흘리며 사정을 털어놓자 막내 왕자가 어머니를 위로하며 말했습니다.

"울지 마세요, 어머니. 우리 모두 궁전을 떠나서 살 길을 찾아볼게요."

그러자 왕비가 말했습니다.

"네 형들과 함께 숲으로 가거라. 그리고 숲에서 제일 높은 나무를 찾아낸 다음 꼭대기에 번갈아 올라가며 궁전 탑을 매일매일 살펴라. 내가 아들을 낳으면 하얀 깃발을 올릴 것이니, 그땐 궁으로 돌아오거라. 하지만 빨간 깃발을 올리면 딸을 낳았다는 표시이니, 그땐 아주 먼 곳으로 도망쳐야 하느니라. 하늘이 너희들을 도울 것이다. 나는 너희들이 겨울에는 따뜻하게, 여름에는 시원하게 보낼 수 있도록 매일 밤 기도할 것이다."

왕비는 떠나는 아들들에게 행운을 빌어 주었습니다. 그렇게 열두 왕자들은 숲으로 들어갔습니다. 왕자들은 숲에서 가장 키가 큰 참나무 꼭대기에 번갈아 올라앉아 궁전 탑을 매일 지켜보았습니다. 열하루가 지나고 막내 왕자 벤자민의 차례가 되었을 때, 깃발 하나가 올라왔습니다. 하지만 그것은 하얀 깃발이 아니라 자신들의 죽음을 알리는 핏빛 빨간색 깃발이었습니다. 그 소식을 들은 형들은 불같이 화를 내며 말했습니다.

"우리가 왜 그깟 계집애 하나 때문에 죽어야 하는 거지? 우리도 복수를 하자. 앞으로 눈에 띄는 계집애들은 무조건 죽여 버리는 거야."

왕자들은 그렇게 맹세를 하고 더 깊숙한 숲속으로 들어갔습니다. 어두운 곳에 이르자 아무도 살지 않는 작은 오두막이 눈에 들어왔습니다. 마법에 걸린 집이었습니다.

형들이 말했습니다.

"여기서 살기로 하자. 벤자민, 너는 제일 어리고 몸도 약하니까 집을 지키도록 해. 형들이 나가서 먹을 만한 걸 구해 올게."

형들은 다시 숲으로 들어가 산토끼와 사슴, 새, 비둘기 할 것 없이 먹을 만한 것이면 뭐든 잡아 왔습니다. 그러면 벤자민은 그 사냥감들을 솜씨 좋게 요리해 냈고, 왕자들은 그렇게 허기를 달래며 살았습니다.

왕자들이 오두막에서 생활한 지도 어느덧 십 년이 흘렀습니다. 왕비가 낳은 딸도 어엿한 소녀로 자랐습니다. 공주는 착하고 아름다웠고 이마엔 금빛 별 무늬가 있었습니다. 어느 날 잔뜩 쌓인 빨랫감 사이에서 남자 셔츠 열두 벌을 발견한 공주가 왕비에게 물었습니다.

"이 옷들은 누구 거예요? 아버지가 입기에는 너무 작아 보이는데요."

그러자 왕비가 근심 어린 얼굴로 대답했습니다.

"네 열두 오빠가 입던 옷이란다."

"열두 오빠라고요? 저한테 오빠가 있다는 소리는 처음 듣는데요?"

"오빠들이 어디 있는지는 하늘만이 안단다. 아마 어딘가 떠돌아다니고 있을 거야."

왕비는 관이 숨겨진 방으로 공주를 데려간 다음, 문을 열고 대팻밥과 베개가 들어 있는 관 열두 개를 보여 주었습니다.

왕비가 말했습니다.

"이 관들은 너희 오빠들 것이었다. 하지만 네가 태어나기 전에 몰래 도망쳐 버렸지."

그러고는 그간의 이야기를 공주에게 모두 들려주었습니다. 생각에 잠겨 있던 공주가 말했습니다.

"어머니, 슬퍼하지 마세요. 제가 오빠들을 찾아올게요."

공주는 셔츠 열두 벌을 품에 안은 채 드넓은 숲으로 길을 떠났습니다. 그리고 온종일 걸어 저녁이 되어서야 마법에 걸린 오두막에 도착했습니다. 공주가 오두막에 들어서니 한 젊은 남자가 물었습니다.

"아가씬 어디서 왔고, 어디로 가는 중이오?"

젊은 남자는 공주의 아름다운 얼굴과 호화로운 옷차림, 이마에 있는 별을 보고 깜짝 놀랐습니다.

"전 공주랍니다. 열두 오빠들을 찾고 있지요. 세상이 두 쪽이 나지 않는 한 오빠들을 끝까지 찾아다닐 거예요."

공주가 젊은 남자에게 셔츠 열두 벌을 보여 주자, 벤자민은 대번에 누이동생을 알아보았습니다.

"내가 네 막내 오빠 벤자민이란다."

공주는 오빠를 만난 기쁨에 눈물을 흘렸습니다. 오누이는 다정하게 끌어안고 입을 맞추었습니다. 벤자민이 걱정스러운 표정으로 말했습니다.

"그런데 문제가 하나 있어. 우린 여자아이가 태어났기 때문에 궁전에서 쫓겨났잖아. 그래서 복수를 하기 위해 눈에 보이는 여자아이를 무조건 죽이기로 약속했거든."

그러자 공주가 말했습니다.

"오빠들만 무사할 수 있다면 기꺼이 죽을 수 있어요."

"아니, 그래선 안 돼. 형들이 돌아올 때까지 이 목욕통 밑에 들어가 있어. 그러면 내가 형들한테 잘 얘기해 볼 테니까."

공주는 막내 오빠가 시키는 대로 했습니다. 날이 어두워지자 사냥을 나갔던 형들이 집으로 돌아왔습니다. 식탁엔 벌써 음식이 차려져 있었습니다. 식탁에 앉아 저녁을 들던 형들이 물었습니다.

"별일 없었니?"

그러자 벤자민이 대답했습니다.

"아직 모르세요?"

"몰라."

"형들은 온종일 숲에 나가 있고 전 집에만 있긴 하지만, 그래도 제가 형들보다 아는 게 많다고요."

"아, 그러니까 말해 달라잖아!"

형들이 버럭 화를 냈습니다.

"오늘 어떤 여자아이를 만나게 되더라도 죽이지 않겠다고 약속하면 말해 줄게요."

"알았어! 어서 말해 봐."

형들에게 벤자민이 큰소리로 말했습니다.

"우리 여동생이 여기 와 있어요!"

벤자민이 목욕통을 들어 올리자 그 안에서 휘황찬란한 옷을 입은 공주가 나왔습니다. 이마엔 금빛 별이 반짝였고 모습은 더없이 곱고 아름다웠습니다. 왕자들은 크게 기뻐하며 공주를 끌어안고 입을 맞추어 댔습니다. 열두 명의 오빠들 모두 진심으로 공주를 아끼고 사랑했습니다.

이제 공주는 오두막에 머무르면서 막내 오빠를 도와 집안일을 했습니다. 나머지 왕자들은 숲으로 들어가 사슴, 새, 비둘기 등 야생동물을 사냥해 먹을거리를 장만해 왔고, 벤자민과 여동생은 식사를 준비했습니다. 둘은 땔감을 주워 오고, 여러 가지 나물을 캐왔고, 화덕 위에 냄비를 올려놓고 요리를 했습니다. 왕자들이 집으로 돌아오면 늘 먹음직스러운 식사가 준비되어 있었습니다. 깔끔한 성격의 공주는 집 안 청소도 말끔히 하고 하얀 침대보도 깨끗이 빨아 덮어 놓았습니다. 왕자들은 이 모든 것에 만족해하며 여동생과 정답게 살아갔습니다.

그러던 어느 날, 막내 왕자와 공주는 여느 때보다 더 근사한 저녁을 준비했고, 나머지 왕자들이 돌아오자 다 함께 식탁에 둘러앉아 먹고 마시며 즐거운 한때를 보냈습니다. 오두막 옆에는 작은 정원이 하나 있었는데, 마침 백합 열두 송이가 활짝

피어 있었습니다.

"저녁을 먹고 난 후 오빠들에게 한 송이씩 주면 기뻐하겠지."

공주는 백합 열두 송이를 꺾었습니다. 그런데 공주가 꽃을 꺾는 순간, 왕자들이 모두 까마귀로 변하더니 숲 너머로 날아가 버렸습니다. 오두막도 정원도 거짓말처럼 사라지고 숲속에는 공주 혼자 덩그러니 남았습니다. 주위를 둘러보니 노파 하나가 옆에 서 있었습니다. 노파가 말했습니다.

"얘야, 도대체 무슨 짓을 한 게냐? 꽃을 내버려 두지 그랬니? 그 백합들이 바로 네 오빠들이었는데, 네가 오빠들을 영원히 까마귀로 만들어 버렸구나."

그러자 공주가 울면서 물었습니다.

"오빠들을 구할 방법이 없나요?"

"딱 한 가지 방법이 있기는 한데, 워낙 어려워서 말이야. 칠 년 동안 벙어리로 지내야 하거든. 말도 해선 안 되고 웃어서도 안 돼. 칠 년 동안 한마디라도 벙긋하면 모든 게 물거품이 되고 네 오빠들은 모조리 죽게 된단다."

그러자 공주가 간절한 목소리로 말했습니다.

"전 반드시 오빠들을 구해 내고 말 거예요."

공주는 숲속에서 키 큰 나무를 찾아낸 다음, 나무 위에 올라앉아 웃지도 말하지도 않고 묵묵히 실을 잣기 시작했습니다.

그러던 어느 날, 어떤 왕이 그 숲으로 사냥을 나왔습니다. 그런데 왕이 데려온 커다란 사냥개 한 마리가 공주가 앉아 있는 나무로 달려오더니 껑충껑충 뛰어오르며 공주를 향해 마구 짖어 댔습니다. 그러자 왕이 그 나무로 다가왔고, 이마에 금빛 별무늬가 있는 아름다운 공주를 보게 되었습니다. 공주의 아름다움에 반해 버린 왕은 공주를 우러러보며 큰 소리로 청혼을 했습니다. 공주는 말없이 고개만 끄덕였습니다. 그러자 왕은 직접 나무를 타고 올라가 공주를 안고 내려온 다음, 말에 태워 궁전으로 데려갔습니다. 모두의 축복 속에서 결혼식이 성대하게 치러졌습니다. 하지만 신부는 여전히 말 한마디 없었고 웃지도 않았습니다.

왕과 공주가 결혼한 지 몇 년이 흘렀을 때, 왕의 악독한 어머니가 젊은 왕비를 헐뜯으며 왕에게 말했습니다.

"네가 데려온 저 여자는 천한 비렁뱅이일 뿐이야! 그 못된 것이 무슨 짓을 꾸미고 있는지 누가 알겠니? 말 못하는 벙어리라고! 가끔씩 웃지도 못한다니? 원래 웃음이 없는 사람은 마음씨도 고약한 법이야."

왕도 처음엔 어머니의 질투 어린 말에 귀 기울이지 않았습니다. 하지만 늙은 어머니가 어찌나 사사건건 꼬투리를 잡아내 왕비를 헐뜯어 대던지, 끝내 어머니의 말에 넘어가 왕비에게 사형을 선고하고 말았습니다.

높다란 장작더미가 궁전 뜰에 쌓이고, 젊은 왕비는 화형당할 운명에 처했습니다. 왕은 이 층 창가에 서서 젖은 눈으로 그 광경을 지켜보았습니다. 아직도 왕은 왕비를 사랑하고 있었습니다.

왕비가 말뚝에 묶이고 무시무시한 불길이 왕비를 집어삼키려던 그때, 갑자기 공중에서 푸드덕거리는 날갯짓 소리가 들리더니 까마귀 열두 마리가 덮치듯 궁전 뜰로 내려왔습니다. 까마귀들은 땅에 발을 디디는 순간 왕자로 변했습니다. 마침내 여동생이 오빠들을 구해낸 것입니다.

왕자들은 장작을 헤쳐 불을 끄고 사랑하는 여동생을 풀어 주었습니다. 그리고 얼싸안고 입을 맞추었습니다. 칠 년간 쏟은 공주의 노력이 헛되지 않았던 것입니다. 오빠들을 구한 왕비는 마침내 입을 열어 말할 수 있게 되었습니다. 왕비는 왕에게 왜 그동안 자신이 말도 하지 않고 웃지도 않았는지를 설명했습니다. 왕비에게 아무런 죄가 없다는 사실을 알게 된 왕은 무척 기뻤습니다.

죄 없는 왕비를 모함했던 왕의 악독한 어머니는 궁전 뜰로 끌려 나와 독사들이 우글대고 기름이 펄펄 끓는 통에 빠져 끔찍한 최후를 맞았습니다.

지은이 그림 형제

독일의 언어학자·문헌학자 형제. 형은 야콥 그림이고 동생은 빌헬름 그림이다. 독일 하나우 출생으로 연년생으로 태어나 형제가 모두 대학에서는 법률을 배웠고, 도서관에서 근무한 후 1830년 괴팅겐대학의 초청을 받아 교수가 되었다. 경력뿐만 아니라, 전문분야도 똑같이 언어학이다. 그들의 전문분야인 언어학의 영역에서는 형 야콥이 보다 큰 업적을 남겼으나, 『그림동화』를 만드는 데는 동생 빌헬름이 더 큰 역할을 하였다. 그들이 게르만 언어학의 연구, 그리고 독일의 옛이야기와 전설의 수집으로 전환한 계기는 낭만파 문학에 의하여 촉발된 향토적·서민적인 것에 대한 깊은 애정에 기인한다. 주요 저서로는 『그림동화』『독일전설』『독일어 사전』 등이 있다.

일러스트 천은실

전문 일러스트레이터로 활동하고 있으며 주로 수채화 작업을 한다.
『제일 예쁘고 제일 멋진 일』『별』『요정 키키』『마녀분홍』『달님은 밤에 무얼 하나요?』 등 다수의 그림책 일러스트를 작업하였다. 이외에도 'Mr. hopefuless someday', 'Bugs in paper'의 아트상품 및 '2004, 2008 시월에 눈 내리는 마을' 포스터, '2008 뚜레쥬르 월그래픽' 표지, 사보, 웹 일러스트까지 다양한 분야에서 활동하고 있으며, 인디고 아름다운 고전 시리즈 『피노키오』를 작업하였다.

옮긴이 김양미

교육대학을 졸업하고 수년간 아이들과 함께 배우며 생활했다. 지금은 좋아하는 책을 벗 삼아 외국의 좋은 책들을 소개하고 우리말로 옮기는 작업을 하고 있다. 번역서로는 아름다운 고전 시리즈인 『작은 아씨들』『이상한 나라의 앨리스』『빨간머리 앤』『눈의 여왕』『오즈의 마법사』『피노키오』(인디고)가 있고, 『지금 알고 있는 것을 그때의 내가 알았더라면』『당신의 남자를 걷어찰 준비를 하라』(글담)가 있다.

백설공주 아름다운 고전 리커버북 시리즈 ⑭

지은이 | 그림 형제 **일러스트** | 천은실 **옮긴이** | 김양미
펴낸이 | 김종길 **펴낸곳** | 인디고
편집 | 이은지·이경숙·김보라·김윤아 **마케팅** | 박용철·김상윤
디자인 | 엄재선·김정연 **홍보** | 정미진·김민지 **관리** | 박인영
출판등록 | 1998년 12월 30일 제2013-000314호
주소 | (04029) 서울특별시 마포구 월드컵로8길 41 (서교동483-9)
홈페이지 | indigostory.co.kr **전화** | (02)998-7030 **팩스** | (02)998-7924
블로그 | blog.naver.com/geuldam4u **페이스북** | www.facebook.com/geuldam4u
이메일 | geuldam4u@naver.com
초판 1쇄 인쇄 | 2021년 1월 15일 **초판 1쇄 발행** | 2021년 1월 25일 **정가** | 13,000원
ISBN 979-11-5935-080-1 03850